本書特色

實用單字全收錄：

　　還在死背一些沒用到的韓文單字嗎？筆者幫你挑選出自助旅行必備的詞彙。

臨時的一句話：

　　緊急情況、想殺價時，卻不知如何開口？筆者幫你挑選出自助旅行的一句話。

場景設計：

　　還在死背硬梆梆的句型？筆者幫你挑選出自助旅行九大環境，三十四小場景，內容包括出國訂機票、購物、交友以及飲食…等等，讓你也能自由開口說韓文，享受道地韓國生活。

道地的韓國接觸：

　　到韓國不知道要到哪裡玩嗎？還是拿本都是圖片的旅遊書到處跑，沒有跟當地韓國人開口說過半句韓文呢？趕快來使用書中的句型，來接近韓國吧！

豐富句型設計：

　　實況場景加上合宜的對話設計，由在韓，首爾大學博士班－陳慶德（前救國團、社區大學韓國語老師）親身留學在韓經驗，精心挑選、設計合宜國人旅遊必備用語，收錄句型將近千句。

不懂文法也能開口說：

　　特聘資深韓籍老師錄製重量級份量對話，邊聽邊學，邊搭配羅馬拼音，不用學文法也能背包一提，開口玩遍韓國。

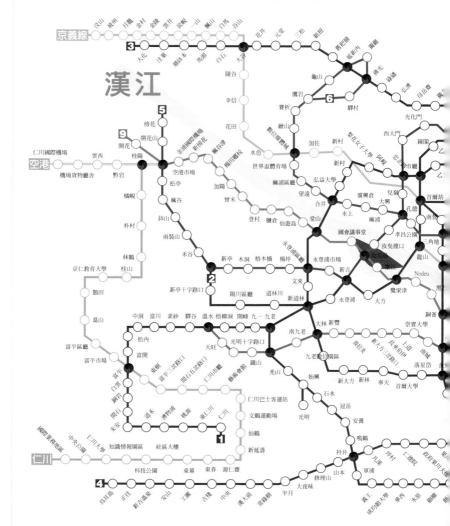

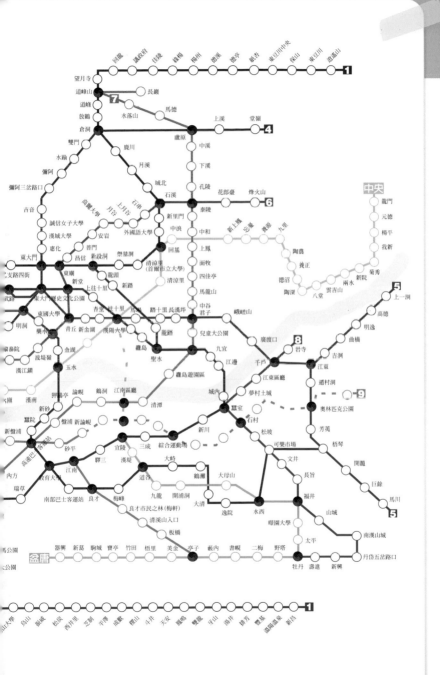

目前旅居在韓國唸書的我,最近幾年常常會有一些朋友、學生來到當地拜訪我,順便參觀韓國。的確,最近這幾年來,來到韓國觀光的遊客越來越多了,我想理由無非有二,第一是,韓國位在亞洲地區鄰近台灣,前來此地自助旅行的人,不用長途跋涉搭乘遠程飛機,只要兩個小時就可抵達韓國,享受異國風情;第二,最近韓國的經濟、演藝事業、電影…等等,都有蓬勃的發展,也漸漸讓世人注意到,這以往號稱「神秘之國」的韓國,而在台灣當地也漸漸興起學習韓文的風氣,有心者也來到韓國當地,來看看這個有趣的國家。

而在課暇之餘,我常常會陪朋友、學生逛逛韓國首爾市,有時候會盡一下地主之誼,幫他們做做口譯、帶他們去一些韓國名勝古蹟看看,也就是這樣幾次地經驗下來,自己也對於旅遊會話時常遇到的狀況,會用到對話漸漸有所得;同時也有學生問起我,台灣坊間好像沒有一本真正針對韓國旅行設計的書籍,大多是出版一些韓文旅遊觀光景點圖片跟介紹的旅遊書為主,讓他們在自助旅行的路上,想要開口跟韓國人聊上天,還是有點難度。的確,在國內韓文旅遊對話的書籍,可以說還是有待加強。而也就是這樣,學生的一句話,讓我興起想要寫這本小書的念頭。

而這本旅遊會話書,我主要是針對著是完全不會韓文文法的自助旅行者設計的,即使不會韓國語文法,只要造著

書中的句型，羅馬拼音出來，我想一定可以順利解決，在自助旅行中遇到各式各樣的問題。當然，書中我當然不會對於複雜的韓國語文法進行講解，若對於韓國與文法有興趣者，可以參閱筆者在統一出版社，出版的《簡單快樂韓國語》、《韓語40音輕鬆學》兩陋作。

　　而有基礎韓文能力的讀者，這本書我想可以幫助他們融入韓國當地旅行樂趣，藉由一句句，「臨時需要」的一句話，我想可以使他們更能貼近韓國道地旅行、交到更多韓國朋友的。

　　繼之，此書的結構，共分成兩大部分，第一部份，當然是教導讀者最基本的韓文子母音的拼音表，以深入淺出的方式，告知讀者韓國語的拼音結構，讓讀者對於韓國語有著最基礎的認識；

　　而第二部分，則是本書的重點，我們集中在前往韓國旅行的對話，先是從「基本會話篇」、「預約機票、入海關」開始，一直到旅行結束「回國」…等等，共計有九大單元設計，多樣化的旅遊狀況、急需的一句話，都會收錄在其中，對話句型多達近千句，我想這也是台灣出版韓國旅遊會話一大突破吧！

　　而在這些大單元中，筆者細分出各式各樣的狀況，如第二單元，「預約機票、入海關」底下，我們再區分出：預約機票、飛機內以及入關時…等等情況，我想更利於讀者方便查詢，在自助旅行中遇到的各種狀況。且，我以一位旅居在

韓國的留學生，深入當地，精心設計出來合宜國人實用的對話，對於讀者們來韓旅行是會有一定幫助的。同時，我也不希望自己所創作的旅遊會話書，如同坊間一些旅遊書，收錄著牛頭不對馬嘴的問答對話，或者只有短短地十幾句對話就草率付梓，我想這樣做，花錢購買此書，或者是提起勇氣，想要來韓國自助旅行的讀者們沒有多大助益、且不負責任的寫法。

　　而書內的使用方法，我在其中設計每一個單元開頭，都有一些必備的對話、延伸單字表格，可以讓讀者便於利用此書。而筆者也在書中的附錄篇中，收錄著我自己認為最重要的旅遊必備資訊，以及筆者最愛去的韓國兩大書店！…等等，便於讀者自己規劃旅程。

　　最後，感謝韓籍老師，幫我們書內的重量級份量的對話進行錄音，也讓讀者可以藉由音檔，邊聽邊練，學習到一口韓國首爾腔。同時也感謝我那一群學生，因為他們常常對我的叮嚀，是我自己寫作的動力。當然也要感謝讀者實質的購買，對於筆者、出版社，是最大的鼓勵。

　　而在這本書的完成之際，我也希望讀者藉由這本小書，可以讓大家感覺到，有著如同一位好導遊陪伴在各位身邊，盡情的遊玩韓國。祝福讀者能藉由我這本小書，能有段美好、愉快的韓國自助之旅。我溫馨的期待著…

筆者：慶德 謹敬 2010.12

한글 자음과 모음

第 一 部分

韓文子、母音拼音表

❶ 韓文基本知識

　　我想第一次接觸韓文的讀者，一定會對於韓文的印象就是「圈圈叉叉」，但其實不然的，韓文就像我們中文的注音符號一般，都有其規律的拼音規則喔！雖然這本書是設計給自助旅行、背包客使用，但是，在第一部份，筆者簡單的介紹一下韓文的拼音方式，一方面可以讓讀者對於韓文有其基本的知識，二方面，讀者也可以藉由自己學習，到韓國之後，也可以「舉一反三」，學習更多的韓文單字、開口說韓文喔。

　　底下是筆者整理出來韓文最基本的14個子音、10個母音跟中文注音以及羅馬拼音對照表，方便讀者背誦。

基本子音對照表

字形	韓式音標	羅馬拼音	注音符號
ㄱ	기역 (gi-yeok)	g / k	ㄍ / ㄎ
ㄴ	니은 (ni-eun)	n	ㄋ
ㄷ	디귿 (di-geut)	d / t	ㄉ / ㄊ
ㄹ	리을 (ri-eul)	r / l	ㄌ / ㄌ
ㅁ	미음 (mi-eum)	m	ㄇ
ㅂ	비읍 (bi-eup)	b / p	ㄅ / ㄆ
ㅅ	시옷 (si-ot)	s / t	ㄙ / ㄊ
ㅇ	이응 (i-eung)	無聲 / ng	無聲 / ㄥ
ㅈ	지읒 (ji-eut)	j / t	ㄗ / ㄊ
ㅊ	치읓 (chi-eut)	ch / t	ㄘ / ㄊ
ㅋ	키읔 (ki-euk)	k	ㄎ
ㅌ	티읕 (ti-eut)	t	ㄊ
ㅍ	피읖 (pi-eup)	p	ㄆ
ㅎ	히읗 (hi-eut)	h / t	ㄏ / ㄊ

寫寫看

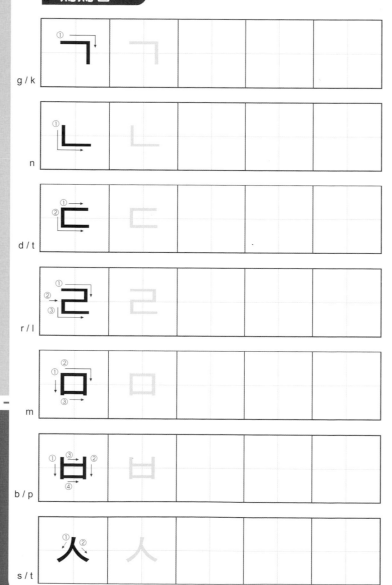

無聲
/ ng

ㅇ

j / t

ㅈ

ch / t

ㅊ

k

ㅋ

t

ㅌ

p

ㅍ

h / t

ㅎ

基本母音對照表

字形	韓式音標	羅馬拼音	注音符號
ㅏ	아(a)	a	ㄚ
ㅑ	야(ya)	ya	一ㄚ
ㅓ	어(eo)	eo	ㄛ
ㅕ	여(yeo)	yeo	一ㄛ
ㅗ	오(o)	o	ㄡ
ㅛ	요(yo)	yo	一ㄡ
ㅜ	우(u)	u	ㄨ
ㅠ	유(yu)	yu	一ㄨ
ㅡ	으(eu)	eu	ㄜ
ㅣ	이(i)	i	一

寫寫看

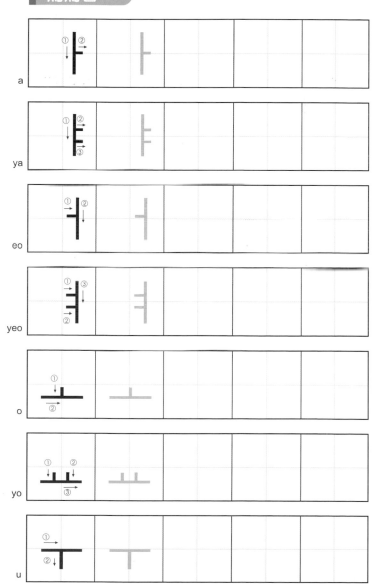

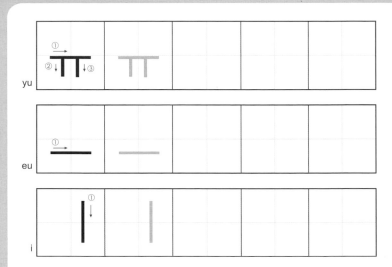

yu

eu

i

其他母音對照表

mp3-03

組 合	字 形	韓式音標	羅馬拼音	注音符號
單 音	ㅔ	에(e)	e	ㄝ
	ㅐ	애(ae)	ae	ㄝ
ㅣ+ㅔ	ㅖ	예(ye)	ye	ㄧㄝ
ㅣ+ㅐ	ㅒ	얘(yae)	yae	ㄧㄝ
ㅗ+ㅏ	ㅘ	와(wa)	wa	ㄨㄚ
ㅗ+ㅣ	ㅚ	외(oe)	oe	ㄨㄝ
ㅗ+ㅐ	ㅙ	왜(wae)	wae	ㄨㄝ
ㅜ+ㅔ	ㅞ	웨(we)	we	ㄨㄝ
ㅜ+ㅓ	ㅝ	워(wo)	wo	ㄨㄛ
ㅜ+ㅣ	ㅟ	위(wi)	wi	ㄨㄧ
ㅡ+ㅣ	ㅢ	의(ui)	ui	ㄜㄧ

寫寫看

e

ae

ye

yae

wa

oe

wae

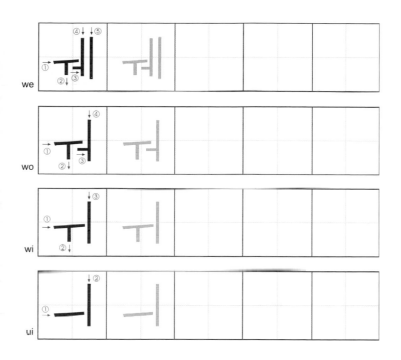

we

wo

wi

ui

硬音對照表

字形	韓式音標	羅馬拼音	注音符號
ㄲ	쌍기역 (ssang-gi-yeok)	kk	ㄍ
ㄸ	쌍디귿 (ssang-di-geut)	tt	ㄉ
ㅃ	쌍비읍 (ssang-bi-eup)	pp	ㄅ
ㅆ	쌍시옷 (ssang-si-ot)	ss	ㄙ
ㅉ	쌍지읒 (ssang-ji-eut)	jj	ㄗ

寫寫看

❷ 韓文拼音方法簡介

　　而韓文的拼音規則又是如何呢？其實跟中文一般，把兩個音拼起來或者是三個音拼起來，就可以發出聲了，筆者先舉一個例子為例，大家就可明白。

❖ 如大家都會的：

「**안녕하세요.** (an-nyeong-ha-se-yo.)」

（中文意思：你好），我們要如何發出這句話的音呢？我們來分解看看：

안 = ㅇ+ㅏ+ㄴ　「an = 不發音 + a + n」

녕 = ㄴ+ㅕ+ㅇ　「nyeong = n + yeo + ng」

하 = ㅎ+ㅏ　　「ha = h + a」

세 = ㅅ+ㅔ　　「se = s + e」

요 = ㅇ+ㅛ　　「yo = 不發音 + yo」

❖ 再來一個例子，如「**감사합니다.**

(gam-sa-hap-ni-da.)」（中文意思：感謝），我們又是怎麼拼出這句話的音呢？如下：

감 = ㄱ+ㅏ+ㅁ　「gam = g + a + m」

사 = ㅅ+ㅏ　　「sa = s + a」

합 = ㅎ+ㅏ+ㅂ　「hap = h + a + p」

니 = ㄴ+ㅣ　　「ni = n + i」

다 = ㄷ+ㅏ　　「da = d + a」

　　這樣一個拼音符號對照一個音，就可以拼出上面這句話的發音了！很簡單吧！當然韓文還有一些音的轉變，如連音現象或者是鼻音化…等等，這裡筆者就不多加說明囉，有興趣的讀者也歡迎，延伸閱讀筆者其他陋作（「簡單快樂韓國語」、「韓語40音輕鬆學」）了！

❸ 韓文鍵盤輸入法

　　最後，筆者附錄電腦韓文鍵盤設置方法，以及對照表，讓讀者可以自己在家時，想練習打韓文字時，或者對照書中的基本會話，寫信給韓國朋友、訂旅館時…等等，也是會用到的。

　　安裝韓文輸入法:

　　電腦：「開始」→「控制台」→「地區與語言選項」→「語言」→「詳細資料」→「輸入語言(韓文)」→「鍵盤配置/輸入法{Korean Input System(IME2002)}」→確定。

　　上面安裝完成後，點電腦右下角的CH改成KO韓文，有的電腦會跳成英文↓

，這時候，按下A 就可以跳成韓文 。

而平常要把注音替換成韓文輸入法時，只要把「CH」處按成「韓文」就可以囉！

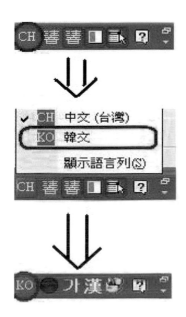

以上完成就可以輸入韓文了。大家趕緊來試看看吧。

Notes

배낭족 회화편

第(二)部分

背包客 會話篇

首爾南山公園一景

mp3-06

第1課 基本會話

在進入自助旅行準備之前，我想大家一定都會有相同的經驗，就是想要學幾句要前往國家的基本句子，就如同現在，我們要前往韓國時，大家一定也會想要學幾句「阿妞哈謝歐 / an-nyeong-ha-se-yo.」（안녕하세요.你好。）吧？但是，除了這大家耳熟能詳的「阿妞哈謝歐」之外，大家還知道什麼基本韓文句型呢？特別是要到韓國旅行的話，需要怎麼樣的基本會話呢？

在這裡，筆者先挑選一些有關旅行的韓文基本會話，讓大家先開口練習說看看喔！而這邊的基本會話，可是常常會用到的呢！

★ 「阿紐哈謝歐」之外的基本會話句型：

한국어를 못합니다.
han-gu-geo-reul mo-reum-ni-da.
我不會韓文。

한국어를 잘 못합니다.
han-gu-geo-reul jjal mo-tam-ni-da.
我韓文不太好。

한국어를 조금 할 줄 압니다.
han-gu-geo-reul jjo-geum hal jjul am-ni-da.
我會懂一點點韓文。

죄송합니다. 잘 못 들었습니다
joe-song-ham-ni-da.jal mot deu-reot-sseum-ni-da.
對不起，我不懂你的意思。

죄송합니다. 뭐라고요?
joe-song-ham-ni-da.mwo-ra-go-yo?
不懂你的意思？

조금 천천히 말씀해 주세요.
jo-geum cheon-cheon-hi mal-sseum-hae ju-se-yo.
話請說慢一點。

저는 여기 사람이 아닙니다.
jeo-neun yeo-gi sa-ra-mi a-nim-ni-da.
我不是這裡的人。

저는 대만사람입니다.
jeo-neun dae-man-sa-ra-mim-ni-da.
我是台灣人。

안녕하세요.
an-nyeong-ha-se-yo.
您好。

저는 진경덕입니다.
jeo-neun jin-gyeong-deo-gim-ni-da.
我是陳慶德。（請替換成自己的名字）

만나서 반갑습니다.
man-na-seo ban-gap-sseum-ni-da.
很高興見到你。

오래간만이에요.
o-rae-gan-ma-ni-e-yo.
好久不見了。

어떻게 지내세요?
eo-tteo-ke ji-nae-se-yo?
過的好嗎？

연락처를 좀 알려 주세요.
yeol-lak-cheo-reul jjom al-lyeo ju-se-yo.
請告訴我你的聯絡處。

또 봐요.
tto bwa-yo.
再見。

안녕히 가세요.
an-nyeong-hi ga-se-yo.
請慢走。（對著離開的人說）

안녕히 계세요.
an-nyeong-hi gye-se-yo.
請留步。（離開者對著留在原地的人說）

또 뵙겠습니다.
tto boep-kket-sseum-ni-da.
後會有期、下次再見喔！

고맙습니다.
go-map-sseum-ni-da.
謝謝你。

가:괜찮습니까?
ga:gwaen-chan-sseum-ni-kka?
還好嗎?（比如撞到人家或者對他人有失禮處）

나:네, 괜찮습니다.
na:ne,gwaen-chan-sseum-ni-da.
嗯，沒關係的。

가:도와 주셔서 갑사합니다.
ga:do-wa ju-syeo-seo gam-sa-ham-ni-da.
謝謝您幫我。

나:천만에요.
na:cheon-ma-ne-yo.
不客氣。

미안합니다.
mi-an-ham-ni-da.
對不起。

제 잘못입니다.
je jal-mo-sim-ni-da.
是我的錯。

사과드립니다.
sa-gwa-deu-rim-ni-da.
我跟你道歉。

생각해 보겠습니다.
saeng-ga-kae bo-get-sseum-ni-da.
再考慮、想想看。

다음에요.
da-eu-me-yo.
下次吧！

필요없습니다.
pi-ryo-eop-sseum-ni-da.
我不需要。

좀 도와 주세요.
jom do-wa ju-se-yo.
請幫幫我。

잘 부탁합니다.
jal ppu-ta-kam-ni-da.
拜託了！（有事相求他人時）

기다려 주세요.
gi-da-ryeo ju-se-yo.
請等一下。

잠깐만요.
jam-kkan-ma-nyo.
等一下喔。

깎아 주세요.
kka-kka ju-se-yo.
請算我便宜點。

계산해 주세요.
gye-san-hae ju-se-yo.
請幫我結帳。

말씀 좀 묻겠습니다.
mal-sseum jom mut-kket-sseum-ni-da.
請問。（比如迷路、或有問題想要請教他人）

잠깐 실례해도 될까요?
jam-kkan sil-lye-hae-do doel-kka-yo?
我可以打擾一下嗎？

사진 좀 찍어도 될까요?
sa-jin jom jji-geo-do doel-kka-yo?
這邊能拍照嗎？

사진 좀 찍어 주세요.
sa-jin jom jji-geo ju-se-yo.
請幫我拍張照。

담배를 피워도 됩니까?
dam-bae-reul pi-wo-do doem-ni-kka?
這邊可以抽煙嗎？

이것은 한국어로 어떻게 말해요?
i-geo-seun han-gu-geo-ro eo-tteo-ke mal-hae-yo?
這個東西用韓文怎麼說呢？

어떤 것이 더 낫습니까?
eo-tteon geo-si deo nat-sseum-ni-kka?
哪個比較好呢？

얼마입니까?
eol-ma-im-ni-kka?
多少錢呢？

화장실이 있습니까?
hwa-jang-si-ri it-sseum-ni-kka?
請問，有洗手間嗎？

같은 것이 있나요?
ga-teun geo-si in-na-yo?
有相同的嗎？（示意店員，尋找跟隔壁顧客相同商品）

네. ne. 是。	아니요. a-ni-yo. 不是。

좋아요. jo-a-yo. 好。	좋지 않아요. jo-chi a-na-yo. 不好。

있어요. i-sseo-yo. 有。	없어요. eop-sseo-yo. 沒有。

괜찮아요. gwaen-cha-na-yo. 還不錯。	별로예요. byeol-lo-ye-yo. 不怎麼樣呢。

이해했습니다. i-hae-haet-sseum-ni-da. 我懂了。	이해 못 했습니다. i-hae mot haet-sseum-ni-da. 我不懂（你說的話）。

잘 알겠습니다. jal al-kket-sseum-ni-da. 我知道了。	모르겠습니다. mo-reu-get-sseum-ni-da. 我不知道。

잘 먹겠습니다. jal meok-kket-sseum-ni-da. 我開動了。	잘 먹었습니다. jal meo-geot-sseum-ni-da. 我吃飽了。

韓國泰迪熊

韓國仁川機場一景

第2課 機票、海關

　　現在我們正式要出發到韓國了，而要出發到韓國的各位背包客們，第一個要解決的課題，就是要預約到韓國的機票吧！但是，大家知道機票要如何預約呢？出發預約的日期要怎麼用韓文說呢？以及自己要搭乘的飛機座位等級，要怎麼表達呢？甚至，在機上遇到我們要買免稅品的狀況，要如何來應付呢？

　　繼之，而到達韓國海關處，我們要如何申報物品、過關入境呢？…等等，這些背包客都必須要會的旅遊單字、對話，我們都會整理在這個單元中喔！

　　除此之外，我們同時，也把要回國時的機票預定等對話，收錄在這一單元，讓讀者方便查閱喔。

　　★「本課必備三大句型」，紅字可以替換以下的單字喔！

1 물 한 잔 주세요.

mul han jan ju-se-yo.
請給我一杯水。

담요 dam-nyo 毛毯	베개 be-gae 枕頭
헤드폰 he-deu-pon 耳機	커피 한 잔 keo-pi han jan 一杯咖啡
오렌지 주스 o-ren-ji-ju-seu 柳橙汁	맥주 한 캔 maek-jju han kaen 一罐啤酒
사이다 한 잔 sa-i-da han jan 一杯汽水	콜라 한 잔 kol-la han jan 一杯可樂
와인 한 잔 wa-in han jan 一杯紅酒	

2 십오 번 탑승구가 어디예요?

si-bo beon tap-sseung-gu-ga eo-di-ye-yo?
請問15號登機口在哪裡？

환전소 hwan-jeon-so 換錢處	관광안내소 gwan-gwang-an-nae-so 觀光資訊詢問所

수하물 수취대 su-ha-mul su-chwi-dae 行李領取處	화장실 (+이) hwa-jang-si-ri 化妝室
지하철역 (+이) ji-ha-cheo-ryeo-gi 地下鐵站	공중전화 gong-jung-jeon-hwa 公共電話
버스정류장(+이) beo-seu-jeong-nyu-jang-i 公車站	동쪽 출구 dong-jjok chul-gu 東邊的出口

3 이것이 저의 항공권입니다.

i-geo-si jeo-ui hang-gong-gwo-nim-ni-da.
這是我的飛機票。

여권 yeo-gwon 護照	비자 bi-ja 簽證
가방 ga-bang 包包	수하물 보관증 su-ha-mul bo-gwan-jeung 行李條
입국카드 ip-kkuk-ka-deu 入境表格	

❶ 預約機票

서울에 가는 비행기표를 예약하고 싶어요.
seo-u-re ga-neun bi-haeng-gi-pyo-reul ye-ya-ka-go si-peo-yo.
我想要預定去首爾的機票。

일요일에 서울로 가는 항공편이 있습니까?
i-ryo-i-re seo-ul-lo ga-neun hang-gong-pyeo-ni it-sseum-ni-kka?
有沒有星期日往首爾的航班？
※請參閱下方「日期相關單字」

팔월 십구일 서울로 가는 비행기표를 한 장 주세요.
pal wol sip-kku il seo-ul-lo ga-neun bi-haeng-gi-pyo-reul han jang ju-se-yo.
給我一張八月十九日往首爾的機票。

＊日期相關單字：

일요일 i-ryo-il 星期天	월요일 wo-ryo-il 星期一
화요일 hwa-yo-il 星期二	수요일 su-yo-il 星期三
목요일 mo-gyo-il 星期四	금요일 geu-myo-il 星期五
토요일 to-yo-il 星期六	

편도로 주세요.
pyeon-do-ro ju-se-yo.
我要單程票。

왕복 (+으로)
wang-bo-geu-ro
往返

이코노미 클래스 한 장을 주세요.
i-ko-no-mi keul-lae-seu han jang-eul jju-se-yo.
給我一張經濟艙的機票。

다음주 중에 아무 날이나 괜찮습니다.
da-eum-ju jung-e a-mu na-ri-na gwaen-chan-sseum-
ni-da.
下個禮拜隨便哪一天都可以。

티켓이 얼마입니까?
ti-ke-si eol-ma-im-ni-kka?
這張機票要多少錢？

할인됩니까?
ha-rin-doem-ni-kka?
有沒有折扣呢？

신용카드로 지불할 수 있나요?
si-nyong-ka-deu-ro ji-bul-hal ssu in-na-yo?
可以用信用卡付嗎？

현금(+으로)
hyeon-geu-meu-ro
現金

내일 꼭 가야합니다.
nae-il kkok ga-ya-ham-ni-da.
我明天一定要走！

다른 항공편에 아직 빈 자리가 있는지 봐주시겠습니까?
da-reun hang-gong-pyeo-ne a-jik bin ja-ri-ga in-neun-ji
bwa-ju-si-get-sseum-ni-kka?
請你查一下別的航班還有沒有空位？

예약 좌석을 확인하고 싶습니다.
ye-yak-jjwa-seo-geul hwa-gin-ha-go sip-sseum-ni-da.
我想要再確定一下我的訂位。

자리가 생기면 연락해 주시겠어요?
ja-ri-ga saeng-gi-myeon yeol-la-kae ju-si-ge-sseo-yo?
如果有空位的話，可以聯絡我嗎？

예매했던 서울행 표를 취소하려고 합니다.
ye-mae-haet-tteon seo-ul-haeng pyo-reul chwi-so-ha-
ryeo-go ham-ni-da.
我想取消我去首爾的訂票。

죄송합니다. 예약한 좌석을 변경하려고 합니다.
joe-song-ham-ni-da. ye-ya-kan jwa-seo-geul ppyeon-gyeong-ha-ryeo-go ham-ni-da.
不好意思，我要更改訂位。

죄송합니다. 탑승날짜를 바꾸려고 합니다.
joe-song-ham-ni-da.tap-sseung-nal-jja-reul ppa-kku-ryeo-go ham-ni-da.
不好意思，我想要更改登機日期。

내일로 미룰 수 있을까요?
nae-il-lo mi-rul su i-sseul-kka-yo?
可以延到明天嗎？（整句以下面句型替換之！）

이일 후로 미룰 수 있을까요?
il hu-ro mi-rul su i-sseul-kka-yo?
可以延到兩天後嗎？

다음주로 미룰 수 있을까요?
da-eum-ju-ro mi-rul su i-sseul-kka-yo?
可以延到下個禮拜嗎？

만약에 안 되면, 이 표를 물려야 할 것 같아요.
ma-nya-ge an doe-myeon, i pyo-reul mul-lyeo-ya hal kkeot ga-ta-yo.
萬一不行的話，我會把票退了。

수수료가 있나요?
su-su-ryo-ga in-na-yo?
有手續費嗎？

＊機場情況必備單字：

티켓 ti-ket 機票	티켓부스 ti-ket-ppu-seu 登記櫃台
게이트 ge-i-teu 登機口	보딩타임 bo-ding-ta-im 登機時間
턴테이블 teon-te-i-beul 行李轉盤	수하물 su-ha-mul 行李
카트 ka-teu 推車	이코노미 클래스 i-ko-no-mi keul-lae-seu 經濟艙
비지니스 클래스 bi-ji-ni-seu keul-lae-seu 商務艙	퍼스트 클래스 peo-seu-teu keul-lae-seu 頭等艙

어디서 탑승수속을 합니까?
eo-di-seo tap-sseung-su-so-geul ham-ni-kka?
在哪裡辦理登機手續？

창가 좌석을 주세요.

chang-ga jwa-seo-geul jju-se-yo.

請給我靠窗座位。

통로측 tong-no-cheuk 靠通道	맨 끝 maen kkeut 最後一排

중간 자리는 싫어요.

jung-gan ja-ri-neun si-reo-yo.

我不想要坐中間的位子。

몇 번 게이트에서 탑승합니까?

myeot beon ge-i-teu-e-seo tap-sseung-ham-ni-kka?

請問在幾號登機口登機？

보딩 타임은 언제예요?

bo-ding ta-i-meun eon-je-ye-yo?

登機時間什麼時候呢？

모두 두 개의 짐이 있습니다.

mo-du du gae-ui ji-mi it-sseum-ni-da.

一共有兩件行李。

오버차지가 얼마입니까?

o-beo-cha-ji-ga eol-ma-im-ni-kka?

行李超重要付多少錢？

실례합니다. 학생 할인이 되나요?

sil-lye-ham-ni-da. hak-ssaeng ha-ri-ni doe-na-yo?

不好意思，學生有優惠嗎？

❷ 飛機內

가:좌석번호가 몇 번이시죠?
ga:jwa-seok-ppeon-ho-ga myeot beo-ni-si-jyo?
您的座位號碼是幾號呢？

나:제 자리는 십일E입니다.
na:je ja-ri-neun si-bil-E im-ni-da.
我的座位是11E。

실례합니다. 제 자리가 어디입니까?
sil-lye-ham-ni-da. je ja-ri-ga eo-di-im-ni-kka?
不好意思，我的座位在哪裡呢？

여기에 앉아도 됩니까?
yeo-gi-e an-ja-do doem-ni-kka?
我可以坐在這裡嗎？

미안합니다. 지나가겠습니다.
mi-an-ham-ni-da.ji-na-ga-get-sseum-ni-da.
對不起，請讓一下。

제 자리에 앉으신 것 같아요.
je ja-ri-e an-jeu-sin geot ga-ta-yo.
我想您坐到我的位子了。

Q
자리를 좀 바꿔주시겠습니까?
ja-ri-reul jjom ba-kkwo-ju-si-get-sseum-ni-kka?
我可以換一下我的位子嗎?

A

좋습니다. jo-sseum-ni-da. 好,可以。	좀 곤란합니다. jom gol-lan-ham-ni-da. 有一點困難。

팔을 좀 옆으로 해주시겠습니까?
pa-reul jjom yeo-peu-ro hae-ju-si-get-sseum-ni-kka?
(請隔壁的旅客)請您的胳膊可以拿開一下嗎?

아이를 좀 조용히 해주시겠습니까?
a-i-reul jjom jo-yong-hi hae-ju-si-get-sseum-ni-kka?
(請隔壁的旅客)可以請您的小孩子小聲一點嗎?

다리를 좀 치워주시겠습니까?
da-ri-reul jjom chi-wo-ju-si-get-sseum-ni-kka?
(請隔壁的旅客)請您的腳移開一下,好嗎?

모포와 베개 좀 주세요.
mo-po-wa be-gae jom ju-se-yo.
請幫我拿一下毛毯跟枕頭。

물을 한 잔 주세요.
mu-reul han jan ju-se-yo.
請給我一杯水。

중국어 신문 있습니까?
jung-gu-geo sin-mun it-sseum-ni-kka?
有沒有中文報紙呢?

화장실이 어디지요?

hwa-jang-si-ri eo-di-ji-yo?

請問，洗手間在哪裡？

가: 생선으로 하시겠어요? 닭고기로 하시겠어요?

ga:saeng-seo-neu-ro ha-si-ge-sseo-yo?dal-kko-gi-ro ha-si-ge-sseo-yo?

您要魚還是雞肉呢？

나:닭고기로 주세요.

na: dal-kko-gi-ro ju-se-yo.

請給我雞肉。

소고기 so-go-gi 牛肉	돼지고기 dwae-ji-go-gi 豬肉

가:음료는 뭘로 하시겠습니까?

ga:eum-nyo-neun mwol-lo ha-si-get-sseum-ni-kka?

您想要喝點什麼？

나:레드와인 주세요.

na:re-deu-wa-in ju-se-yo.

請給我紅酒。

맥주 maek-jju 啤酒	얼음물 eo-reum-mul 冰開水
콜라 kol-la 可樂	

나:커피 한 잔 주세요.

na:keo-pi han jan ju-se-yo.

給我一杯咖啡。

한 잔 더 주시겠어요. 감사합니다.

han jan deo ju-si-ge-sseo-yo. gam-sa-ham-ni-da.

再來一杯，謝謝。

한국에 도착하려면 얼마나 남았습니까?

han-gu-ge do-cha-ka-ryeo-myeon eol-ma-na na-mat-sseum-ni-kka?

抵達韓國還剩下多少時間？

이 표를 어떻게 쓰는지 잘 몰라서 그러는데 좀 가르쳐 주세요.

i pyo-reul eo-tteo-ke sseu-neun ji jal mol-la-seo geu-reo-neun-de jom ga-reu-cheo ju-se-yo.

我不知道如何填這表格，請教教我吧！（從空服員拿到入境登記表或者是相關表格）

펜 있습니까?

pen it-sseum-ni-kka?

有筆嗎？

트럼프	비행기 멀미약
teu-reom-peu	bi-haeng-gi-meol-mi-yak
撲克牌	暈機藥

비행기 멀미약 있습니까?
bi-haeng-gi-meol-mi-yak it-sseum-ni-kka?
有暈機藥嗎?

토할 것 같아요.
to-hal kkeot ga-ta-yo.
我好像要吐了。

면세품을 구매할 수 있나요?
myeon-se-pu-meul kku-mae-hal ssu in-na-yo?
我能買免稅品嗎?

이것과 저것 주세요.
i-geot-kkwa jeo-geot ju-se-yo.
我要這個跟那個。(手指著要買的飛機上的免稅品)

신용카드로 계산할 수 있습니까?
si-nyong-ka-deu-ro gye-san-hal ssu it-sseum-ni-kka?
我用信用卡付也可以嗎?

현금으로 계산해도 됩니까?
hyeon-geu-meu-ro gye-san-hae-do doem-ni-kka?
我可以付現金嗎?

❸ 入關時

이 컨베이어가 사백사십삼호 항공편 맞지요?
i keon-be-i-eo-ga sa-baek-ssa-sip-ssam-ho hang-gong-pyeon mat-jji-yo?
這行李轉盤是443號班機的吧?

제 짐을 못 찾았어요.
je ji-meul mot cha-ja-sseo-yo.
我找不到我的行李。

이게 제 수하물 보관증입니다.
i-ge je su-ha-mul bo-gwan-jeung-im-ni-da.
這是我的行李票。

여권이 여기 있습니다.
yeo-gwo-ni yeo-gi it-sseum-ni-da.
這裡有我的護照。

가:방문 목적이 무엇입니까?
ga:bang-mun mok-jjeo-gi mu-eo-sim-ni-kka?
您來這裡的目的是什麼呢?

나:관광하러 왔습니다.
na:gwan-gwang-ha-reo wat-sseum-ni-da.
我是來觀光的。

공부하러 왔습니다.
gong-bu-ha-reo wat-sseum-ni-da.
我是來讀書。

사업차 방문입니다.
sa-eop-cha bang-mu-nim-ni-da.
我是來做生意的。

가:한국에 얼마나 머물 예정이신가요?
ga:han-gu-ge eol-ma-na meo-mul ye-jeong-i-sin-ga-yo?
打算在韓國待多久呢?

나:이일 머물 계획입니다.

na:i-il meo-mul gye-hoe-gim-ni-da.

我打算停留兩天。

주	개월
ju	gae-wol
週	個月

한국 여행은 처음입니다.

han-guk yeo-haeng-eun cheo-eu-mim-ni-da.

我是第一次來韓國旅行的。

가:어디에서 머물 예정이십니까?

ga:eo-di-e-seo meo-mul ye-jeong-i-sim-ni-kka?

您打算住在哪裡呢？

나:**롯데호텔**에 묵으려고 합니다.

na:rot-tte-ho-te-re mu-geu-ryeo-go ham-ni-da.

我會住在**樂天飯店**。(請替換自己居住的旅館、飯店名稱)

가:신고할 물건이 있으십니까?

ga:sin-go-hal mul-geo-ni i-sseu-sim-ni-kka?

有需要申報的東西嗎？

나:신고해야 할 물건은 없습니다.

na:sin-go-hae-ya hal mul-geo-neun eop-sseum-ni-da.

我沒有需要申報的物品！

이것도 신고해야 합니까?

i-geot-tto sin-go-hae-ya ham-ni-kka?

這個也要申報嗎？

가:이건 뭡니까?
ga:i-geon mwom-ni-kka?
這是什麼東西？

나:이것은 모두 제가 쓰는 물건들입니다.
na:i-geo-seun mo-du je-ga sseu-neun mul-geon-deu-rim-ni-da.
這些都是我的隨身用品。

나:이것은 한국 친구에게 줄 선물이에요.
na:i-geo-seun han-guk chin-gu-e-ge jul seon-mu-ri-e-yo.
這是要給韓國朋友的禮物。

이것은 아마 100달러 정도 할겁니다.
i-geo-seun a-ma 100dal-leo jeong-do hal-kkeom-ni-da.
這大概價值一百美金。

짐은 모두 세 개입니다.
ji-meun mo-du se gae-im-ni-da.
我的行李全部有三個。

몰랐습니다.
mol-lat-sseum-ni-da.
我不知道。

벌금은 얼마입니까?
beol-geu-meun eol-ma-im-ni-kka?
要罰款多少錢啊？

❹ 回國確定位子
（打電話到航空公司；或是在櫃台詢問）

예약을 재확인하고 싶습니다.
ye-ya-geul jjae-hwa-gin-ha-go sip-sseum-ni-da.
我想確定我的機票。

대만으로 가는 비행기표를 예약하고 싶습니다.
dae-ma-neu-ro ga-neun bi-haeng-gi-pyo-reul ye-ya-ka-go sip-sseum-ni-da.
我想預約一張往台灣去的機票。

편도 비행기표입니다.
pyeon-do bi-haeng-gi-pyo-im-ni-da.
單程的機票。

왕복
wang-bok
往返

내년 구월 십팔일에 출발할 예정입니다.
nae-nyeon gu-wol sip-pa-ri-re chul-bal-hal ye-jeong-im-ni-da.
我預計在明年9月18號出發。

출발시간이 언제입니까?
chul-bal-ssi-ga-ni eon-je-im-ni-kka?
出發時間是何時呢？

예약 변경이 가능한가요?
ye-yak byeon-gyeong-i ga-neung-han-ga-yo?
我能變更我的機票時間嗎？

항공편 예약을 취소하고 싶습니다.
hang-gong-pyeo-nye-ya-geul chwi-so-ha-go sip-sseum-ni-da.
我想取消我的機票。

대한 항공 카운터가 어디입니까?
dae-han-hang-gong ka-un-teo-ga eo-di-im-ni-kka?
請問大韓航空的櫃台在哪裡？

출국 수속을 밟고 싶은데요.
chul-guk su-so-geul ppap-go si-peun-de-yo.
我想辦理出國手續。

저는 대만행 KT이백일편에 탑승합니다.
jeo-neun dae-man-haeng KT-i-bae-gil-pyeo-ne tap-sseung-ham-ni-da.
我搭乘往台灣KT201號飛機。

창가 자리로 부탁합니다.
chang-ga ja-ri-ro bu-ta-kam-ni-da.
請給我靠窗的位子。

제 친구와 같이 앉고 싶어요.
je chin-gu-wa ga-chi an-go si-peo-yo.
我想和我朋友坐在一起。

이 짐을 부치겠습니다.
i ji-meul ppu-chi-get-sseum-ni-da.
我這個行李要托運。

이건 제가 들고 탑승할 것입니다.
i-geon je-ga deul-kko tap-sseung-hal kkeo-sim-ni-da.
這個是我要提上飛機的包包。

탑승구가 어디입니까?
tap-sseung-gu-ga eo-di-im-ni-kka?
登機口在哪裡呢？

몇 시에 탑승을 시작합니까?
myeot si-e tap-sseung-eul ssi-ja-kam-ni-kka?
幾點可以開始搭機呢？

여기가 대만으로 가는 탑승구 맞습니까?
yeo-gi-ga dae-ma-neu-ro ga-neun tap-sseung-gu mat-sseum-ni-kka?
這裡是往台灣飛機的登機口嗎？

예정 시간대로 출발합니까?
ye-jeong-si-gan-dae-ro chul-bal-ham-ni-kka?
飛機會按照時間起飛、出發嗎？

얼마나 지연되나요?
eol-ma-na ji-yeon-doe-na-yo?
飛機會延滯多久才出發呢？

韓國仁川機場免稅店

韓國地鐵看板

第3課 交通

　　抵達韓國當地之後，我想大家要面對的難題，就是要前往自己所預定的旅館、飯店，而這時候，我們要如何拿著地圖，説著韓文來詢問他人呢？而來搭乘公車、計程車甚至是地鐵，我們怎麼詢問目的地是否已經經過了呢？而當我們迷路時，又要如何來化解這個危機呢？而以上提到的這些狀況，我們都會在「交通篇」提到呢！

　　那麼就讓我們趕快來學習了！

　　★　「本課必備四大句型」，紅字可以替換以下的單字喔！

1 버스정류장(이) 어디에 있어요?

beo-seu-jeong-nyu-jang-i eo-di-e i-sseo-yo?
公車搭乘站是在哪裡呢？

택시 승강장 taek-ssi seung-gang-jang 計程車搭乘站	지하철역 ji-ha-cheo-ryeok 地鐵站
기차역 gi-cha-yeok 火車站	매표소(+가) mae-pyo-so-ga 買票所

2 이 버스가 명동(을) 지나가나요?

i beo-seu-ga myeong-dong(eul) ji-na-ga-na-yo?
這公車會經過明洞嗎？

동대문 dong-dae-mun 東大門	서울역 seo-ul-lyeok 首爾火車站
남대문 nam-dae-mun 南大門	남산타워 (+를) nam-san-ta-wo 南山塔
KBS방송국 KBS bang-song-guk KBS電視台	올림픽공원 ol-lim-pik-kkong-won 奧林匹克公園
에버랜드 e-beo-raen-deu 愛寶樂園	롯데월드(+를) rot-tte-wol-deu-reul 樂天世界

3 서울대 방향입니까?

seo-ul-dae bang-hyang-im-ni-kka?
這公車是往首爾大學的方向嗎？

이화여자대학교	연세대학교
i-hwa-yeo-ja-dae-hak-kkyo	yeon-se-dae-hak-kkyo
梨花大學	延世大學
고려대학교	홍익대학교
go-ryeo-dae-hak-kkyo	hong-ik-ttae-hak-kkyo
高麗大學	弘益大學
외국어대학교	서강대학교
oe-gu-geo-dae-hak-kkyo	seo-gang-dae-hak-kkyo
外國語大學	西江大學
출입국관리소	김포공항
chu-rip-kkuk-kkwal-li-so	gim-po-gong-hang
出入境管理局	金浦機場

4 공항으로 가주세요.

gong-hang-eu-ro ga-ju-se-yo.
請到機場。（搭計程車時）

경복궁 gyeong-bok-kkung 景福宮	강남 gang-nam 江南
인사동 in-sa-dong 仁寺洞	종각 jong-gak 鐘閣
한강 시민 공원 han-gang si-min gong-won 漢江市民公園	압구정 ap-kku-jeong 狎鷗亭
여의도(+로) yeo-ui-do-ro 汝矣島	가장 가까운 교보문고(+로) ga-jang ga-kka-un gyo-bo-mun-go-ro 最近的教寶文庫

❶ 問路時

여기는 어디입니까?
yeo-gi-neun eo-di-im-ni-kka?
這裡是哪裡呢？

우리는 지금 어디에 있습니까?
u-ri-neun ji-geum eo-di-e it-sseum-ni-kka?
我們現在是在哪裡？

저것은 무슨 건물입니까?
jeo-geo-seun mu-seun geon-mu-rim-ni-kka?
那是什麼大樓？

곧장 앞으로 가야 합니까?
got-jjang a-peu-ro ga-ya ham-ni-kka?
要一直往前走嗎？

앞에서 우회전입니까?
a-pe-seo u hoe-jeo-nim-ni-kka?
在前面右轉嗎？

좌회전	유턴 (U-TURN)
jwa	yu-teon
左轉	迴轉

실례합니다. 명동에 가려면 어떻게 가야 합니까?
sil-lye-ham-ni-da, myeong-dong-e ga-ryeo-myeon eo-
tteo-ke ga-ya ham-ni-kka?
不好意思，我去明洞要怎麼走呢？

인사동에 가려고 하는데 가장 가까운 노선을
알려주세요.
in-sa-dong-e ga-ryeo-go ha-neun-de ga-jang ga-kka-
un no-seo-neul al-lyeo-ju-se-yo.
我要去仁寺洞，請告訴我最近的路線？

지도에 표시를 해주 싵 수 있을까요?
ji-do-e pyo-si-reul hae-ju sil su i-sseul-kka-yo?
你可以幫我標示在地圖上面嗎？

여기서 얼머나 멉니까?
yeo-gi-seo eol-meo-na meom-ni-kka?
離這裡有多遠？

걸어서 얼마나 걸립니까?
geo-reo-seo eol-ma-na geol-lim-nl-kka?
走路的話，要花多少時間？

(거기까지) 걸어서 갈 수 있습니까?
(geo-gi-kka-ji) geo-reo-seo gal ssu it-sseum-ni-kka?
（到那邊）用走的可以到嗎？

주변에 지하철 역은 없나요?
ju-byeo-ne ji-ha-cheol yeo-geun eom-na-yo?
周邊沒有地鐵站嗎？

❷ 迷路時

실례합니다. 길 좀 알려주시겠어요?
sil-lye-ham-ni-da.gil jom al-lyeo-ju-si-ge-sseo-yo?
不好意思，我能問一下路嗎？

길을 잃었습니다.
gi-reul i-reot-sseum-ni-da.
我迷路了！

명동에 가려고 하는데요.
myeong-dong-e kka-ryeo-go ha-neun-de-yo.
我想去明洞。

실례합니다. 여기는 무슨 길입니까?
sil-lye-ham-ni-da. yeo-gi-neun mu-seun gi-rim-ni-kka?
不好意思，請問這裡是什麼路？

잘못 왔습니까?
jal-mot wat-sseum-ni-kka?
我走錯路了嗎？

미안합니다. 잘 모르겠습니다.
mi-an-ham-ni-da.jal mo-reu-get-sseum-ni-da.
不好意思，我不太清楚。

이 근처라고 하던데요.
i geun-cheo-ra-go ha-deon-de-yo.
聽說是在這裡附近。

어디로 가야 합니까?
eo-di-ro ga-ya ham-ni-kka?
要往哪裡走呢？

데려다 주실 수 있습니까?
de-ryeo-da ju-sil su it-sseum-ni-kka?
可以帶我去嗎？

가:여기서 롯데월드까지 가는 버스가 있나요?
ga:yeo-gi-seo rot-tte-wol-deu-kka-ji ga-neun beo-seu-ga in-na-yo?
從這裡到樂天世界，有公車嗎？

나:팔백십구번 버스를 타세요.
na:pal-ppaek-ssip-kku-beon beo-seu-reul ta-se-yo.
請搭819公車。

시내 쪽으로 가려면 여기서 타야합니까?
si-nae jjo-geu-ro ga-ryeo-myeon yeo-gi-seo ta-ya-ham-nl-kka?
往市區的公車是在這裡搭嗎？

서울역으로 가는 버스입니까?
seo-ul-lyeo-geu-ro ga-neun beo-seu-im-ni-kka?
往首爾火車站方向的車嗎？

❸ 公車搭乘時

버스 요금은 얼마입니까?
beo-seu yo-geu-meun eol-ma-im-ni-kka?
公車費用要多少錢？

잔돈이 없는데요.
jan-do-ni eom-neun-de-yo.
我沒有零錢。

도착하면 알려주시겠습니까?
do-cha-ka-myeon al-lyeo-ju-si-get-sseum-ni-kka?
到達之後可以告訴我一聲嗎？

얼마나 걸리나요?
eol-ma-na geol-li-na-yo?
還要花多久時間？

버스를 잘못 탄 것 같아요.
beo-seu-reul jjal-mot tan geot ga-ta-yo.
我好像坐錯車了！

막차 시간이 몇 시예요?
mak-cha si-ga-ni myeot si-ye-yo?
最後一班車是幾點呢？

❹ 計程車搭乘時

대공원으로 가주세요.
dae-gong-wo-neu-ro ga-ju-se-yo.
請往大公園去！

제일 가까운 길로 가주세요.
je-il ga-kka-un gil-lo ga-ju-se-yo.
請走最近的路。

돌지 말고 가주세요.
dol-ji mal-kko ga-ju-se-yo.
請你不要繞路。(您對路線很熟，發現不肖司機繞路才說。不然司機可是會生氣的呦!!)

좀 빨리 가주세요.
jom ppal-li ga-ju-se-yo.
請開快一點。

트렁크 좀 열어주세요.

teu-reong-keu jom yeo-reo-ju-se-yo.

請幫我開一下行李箱。

좀 실어주시겠습니까?

jom si-reo-ju-si-get-sseum-ni-kka?

能幫我放進去嗎？(拿著行李對著司機說)

조심해서 다뤄주세요.

jo-sim-hae-seo da-rwo-ju-se-yo.

請小心點放。(拿著行李對著司機說)

짐 좀 들어주시겠어요?

jim jom deu-reo-ju-si-ge-sseo-yo?

可以幫我提行李進去嗎？

가:동대문까지 얼마나 걸립니까?

ga: dong-dae-mun-kka-ji eol-ma-na geol-lim-ni-kka?

到東大門要花多久時間呢？

나:삼십분쯤 걸립니다.

na:sam-sip-ppun-jjeum geol-lim-ni-da.

大約要30分鐘吧！

다섯시 전까지 도착할 수 있어요?

da-seot-ssi jeon-kka-ji do-cha-kal ssu i-sseo-yo?

五點前可以到達吧？

조금 서둘러주세요.

jo-geum seo-dul-leo-ju-se-yo.

麻煩你開快一點。

무서워요, 천천히 가주세요.
mu-seo-wo-yo,cheon-cheon-hi ga-ju-se-yo.
我害怕，請開慢一點。

공항으로 급히 가야합니다.
gong-hang-eu-ro geu-pi ga-ya-ham-ni-da.
我趕著要去機場。

돌아가면 돈을 지불하지 않겠습니다.
do-ra-ga-myeon do-neul jji-bul-ha-ji an-ket-sseum-ni-da.
你繞路的話，我就不付錢了！(您對路線很熟，發現不
肖司機繞路才說。不然司機可是會生氣的呦!!)

저 앞에서 세워주세요.
jeo a-pe-seo se-wo-ju-se-yo.
請在前面停車。

다음 신호등에서 세워주세요.
da-eum sin-ho-deung-e-seo se-wo-ju-se-yo.
在下一個紅綠燈停車吧！

조금 더 앞으로 가주세요.
jo-geum deo a-peu-ro ga-ju-se-yo.
再往前一點點。

여기서 잠깐 기다려 주세요.
yeo-gi-seo jam-kkan gi-da-ryeo ju-se-yo.
請在這裡等我。

얼마입니까?
eol-ma-im-ni-kka?
多少錢呢？

영수증 끊어주세요.
yeong-su-jeung kkeu-neo-ju-se-yo.
請幫我開發票。

빈 영수증 몇 장만 주세요.
bin yeong-su-jeung myeot jang-man ju-se-yo.
請給我幾張空白發票。

잔돈은 그냥 두세요.
jan-do-neun geu-nyang du-se-yo.
零錢不用找囉。

트렁크에서 제 짐 꺼내는 걸 도와 주시겠습니까?
teu-reong-keu-e-seo je jim kkeo-nae-neun geol do-wa ju-si-get-sseum-ni-kka?
能幫我從後車廂拿出行李來嗎？

❺ 搭地鐵時

표는 어디서 삽니까?
pyo-neun eo-di-seo sam-ni-kka?
票在哪裡買呢？

표 사는 곳이 어디입니까?
pyo sa-neun go-si eo-di-im-ni-kka?
買票處是在哪裡呢？

잔돈을 좀 바꿔 주세요.
jan-do-neul jjom ba-kkwo ju-se-yo.
幫我換零錢。

노선도 하나 주셔도 돼요?
no-seon-do ha-na ju-syeo-do dwae-yo?
能給我一張路線圖嗎？

인사동까지 한 장 주세요.
in-sa-dong-kka-ji han jang ju-se-yo.
到仁寺洞的票給我一張。(在購票門口)

경복궁은 어느 역에 있습니까?
gyeong-bok-kkung-eun eo-neu yeo-ge it-sseum-ni-kka?
景福宮在什麼站呢？

가:여기서 얼마나 걸릴까요?
ga:yeo-gi-seo eol-ma-na geol-lil-kka-yo?
要花多少時間呢？

나:한 시간쯤 걸려요.
na:han si-gan-jjeum geol-lyeo-yo.
一個小時左右喔。

어디서 갈아타나요?
eo-di-seo ga-ra-ta-na-yo?
哪裡可以換乘呢？

여기가 갈아타는 역인가요?
yeo-gi-ga ga-ra-ta-neun yeo-gin-ga-yo?
這裡是轉乘站嗎？

다음 역이 어디입니까?
da-eum yeo-gi eo-di-im-ni-kka?
下一站是哪裡呢？

혹시 강남역 지났어요?

hok-ssi gang-na-myeok ji-na-sseo-yo?

或許，江南站我已經坐過頭了嗎？

출구가 어디예요?

chul-gu-ga eo-di-ye-yo?

出口在哪邊呢？

가:종묘로 가려면 몇 번 출구로 나가야 합니까?

ga:jong-myo-ro ga-ryeo-myeon myeot beon chul-gu-ro
na-ga-ya ham-ni-kka?

宗廟要從幾號出口出去呢？

나:삼번 출구로 가세요.

na: sam-beon chul-gu-ro ga-se-yo.

請往三號出口出去。

韓國體室運動場

韓國新村街角一景

第4課 住宿

　　來到韓國，大家一定都想要趕緊找到在台灣，就已經預約好的飯店、旅館，趕緊把行李放下來，出門大玩特玩吧！但是，若是沒有預約房間的話，我們又要如何臨時的去找飯店、旅館訂房呢？而又要怎麼開口說呢？

　　萬一，房間出現問題、狀況時，我們要如何解決呢？或者我們要如何進一步要求飯店的服務或者使用裡面的設施呢？

　　呵呵，上面提到的狀況，筆者都已經貼心地幫讀者想好囉，那麼就讓我們趕緊來練習，以上所提到的狀況喔！

　　★ 「本課必備五大句型」，紅字可以替換以下的單字喔！

1 일인실로 주세요.

i-rin-sil-lo ju-se-yo.
我要一間單人房。

이인실	일반실
i-in-sil	il-ban-sil
雙人房	標準房
특실	스위트룸(+으로)
teuk-ssil	seu-wi-teu-rum
豪華間	豪華套房

2 식당이 어디에 있어요?

sik-ttang-i eo-di-e i-sseo-yo?
請問一下餐廳在哪裡?

프론트 데스크(+가)	커피숍
peu-ron-teu de-seu-keu-ga	keo-pi-syo-bi
櫃台	咖啡廳
사우나(+가)	헬스클럽
sa-u-na-ga	hel-seu-keul-leo-bi
三溫暖	健身房
수영장	바(Bar) (+가)
su-yeong-jang-i	ba-ga
游泳池	酒吧

편의점 mae-jeo-mi 便利商店	기념품가게 (+가) gi-nyeom-pum-ga-ge-ga 紀念品商店
비즈니스센터 (+가) bi-jeu-ni-seu-sen-teo-ga 商務中心	공중전화(+가) gong-jung-jeon-hwa-ga 公共電話
피씨 (PC) 방 pi-ssi-bang-i 網咖	화장실 hwa-jang-si-ri 洗手間

3 비누 좀 가져다 주시겠어요?

bi-nu jom ga-jeo-da ju-si-ge-sseo-yo?
能送個肥皂過來嗎？

아침식사 a-chim-sik-ssa 早餐	맥주 maek-jju 啤酒
헤어드라이기 he-eo-deu-ra-i-gi 吹風機	슬리퍼 seul-li-peo 拖鞋
수건 su-geon 毛巾	담요 dam-nyo 毛毯

4 819（팔백십구）호입니다.

pal-ppaek-ssip-kku ho-im-ni-da.

這是819號房。

5 변기에 문제가 좀 있습니다.

byeon-gi-e mun-je-ga jom it-sseum-ni-da.

（房間內）馬桶出問題了。

에어컨 e-eo-keon 空調	냉장고 naeng-jang-go 冰箱
텔레비전 tel-le-bi-jeon 電視	창문 chang-mun 窗戶
스탠드 seu-taen-deu 檯燈	

首爾世宗大王紀念館

❶ 飯店、房間需求

시내에서 가까운 호텔을 소개해 주세요.
si-nae-e-seo ga-kka-un ho-te-reul sso-gae-hae ju-se-yo.
請介紹一間靠近市區的酒店。（可對著路人或者計程車司機詢問）

공항 근처 호텔이면 될 것 같은데요.
gong-hang geun-cheo ho-te-ri-myeon doel geot ga-teun-de-yo.
機場附近的飯店就可以囉！

교통이 편리한 호텔이 있어요?
gyo-tong-i pyeol-li-han ho-te-ri i-sseo-yo?
有沒有交通便利的飯店呢？

영업하는 민박집이 있어요?
yeong-eo-pa-neun min-bak-jji-bi i-sseo-yo?
有沒有營業的民宿呢？

다른 곳은 없나요?
da-reun go-seun eom-na-yo?
沒有其他地方了嗎？（不滿意介紹的住宿處時）

호텔 주소가 있는 명함 한 장 주세요.
ho-tel ju-so-ga in-neun myeong-ham han jang ju-se-yo.
請給我一張有飯店地址的名片。

방 하나 예약하고 싶어요.
bang ha-na ye-ya-ka-go si-peo-yo.
我想要預約一間房間。

빈 방이 있습니까?
bin bang-i it-sseum-ni-kka?
現在有空房間嗎？

가:방을 예약하셨습니까?
ga:bang-eul ye-ya-ka-syeot-sseum-ni-kka?
您訂房間了嗎？

나:이미 방을 예약했습니다.
na:i-mi bang-eul ye-ya-kaet-sseum-ni-da.
我已經預約房間了！

여기 예약확인서가 있습니다.
yeo-gi ye-ya-kwa-gin-seo-ga it-sseum-ni-da.
這是我的訂單。

가:며칠 동안 묵을 예정이십니까?
ga:myeo-chil dong-an mu-geul ye-jeong-i-sim-ni-kka?
打算住幾天呢？

나:3(삼)일 정도 묵을 겁니다.
na:sam-il jeong-do mu-geul kkeom-ni-da.
我會住三天左右。

8(팔)월 19(십구)일까지요.
pal wol sip-kku il kka-ji-yo.
我會住到八月十九日喔。

＊月份：

일월 i-rwol 一月	이월 i-wol 二月
삼월 sa-mwol 三月	사월 sa-wol 四月
오월 o-wol 五月	유월 yu-wol 六月
칠월 chi-rwol 七月	팔월 pa-rwol 八月
구월 gu-wol 九月	시월 si-wol 十月
십일월 si-bi-rwol 十一月	십이월 si-bi-wol 十二月

＊日期：

일일 i-ril 一號	이일 i-il 二號

第四課　住宿

삼일 sa-mil 三號	**사일** sa-il 四號
오일 o-il 五號	**육일** yu-gil 六號
칠일 chi-ril 七號	**팔일** pa-ril 八號
구일 gu-il 九號	**십일** si-bil 十號
십일일 si-bi-ril 十一號	**십이일** si-bi-il 十二號
십삼일 sip-ssa-mil 十三號	…
이십일 i-si-bil 二十號	**이십일일** i-si-bi-ril 二十一號
이십이일 i-si-bi-il 二十二號	**이십삼일** i-sip-ssa-mil 二十三號
…	**삼십일** sam-si-bil 三十號

※舉例來說，如我們要說韓文的日期：

구월 십일 gu-wol si-bil 九月十號	십일월 십일 si-bi-rwol si-bil 十一月十號

일인실을 주세요.
i-rin-si-reul jju-se-yo.
請給我一間單人房。

침대 2(두)개인 방
chim-dae du-gae-in bang
雙人床

방 값은 하루에 얼마입니까?
bang-gap-sseun ha-ru-e eol-ma-im-ni-kka?
住一天要多少錢？

이 금액에 아침 식사가 포함되는 건가요?
i geu-mae-ge a-chim sik-ssa-ga po-ham-doe-neun geon-ga-yo?
這費用是包括早餐嗎？

서비스 요금이 포함됐습니까?
seo-bi-seu yo-geu-mi po-ham-dwaet-sseum-ni-kka?
包括服務費嗎？

보증금이 필요합니까?
bo-jeung-geu-mi pi-ryo-ham-ni-kka?
需要押金嗎？

더 싼 방이 있습니까?

deo ssan bang-i it-sseum-ni-kka?

沒有更便宜的嗎?

지금 바로 방에 들어갈 수 있습니까?

ji-geum ba-ro bang-e deu-reo-gal ssu it-sseum-ni-kka?

現在就可以直接入住嗎?

조용한 방을 주세요.

jo-yong-han bang-eul jju-se-yo.

請給我安靜一點的房間。

방을 먼저 봐야 결정 할 수 있을 것 같아요.

bang-eul meon-jeo bwa-ya gyeol-jeong hal ssu i-sseul kkeot ga-ta-yo.

我先看過房間才能決定。

이 방은 너무 지저분해요.

i bang-eun neo-mu ji-jeo-bun-hae-yo.

這房間太髒了。

이 방은 너무 시끄럽습니다.

i bang-eun neo-mu si-kkeu-reop-sseum-ni-da.

這房間太吵了!

방을 바꿔 주세요.

bang-eul ppa-kkwo ju-se-yo.

請幫我換另外一間房間。

이 방이 낫겠네요.

i bang-i nat-kken-ne-yo.

這房間（比剛剛看過的房間）比較好。

❷ 飯店服務時

식당은 어디에 있습니까?
sik-ttang-eun eo-di-e it-sseum-ni-kka?
餐廳在哪裡呢?

식당은 몇 층에 있습니까?
sik-ttang-eun myeot cheung-e it-sseum-ni-kka?
餐廳在幾樓呢?

아침 식사 시간은 몇 시부터입니까?
a-chim sik-ssa si-ga-neun myeot si-bu-teo-im-ni-kka?
早餐時間是幾點開始?

호텔 안에 수영장이 있습니까?
ho-tel a-ne su-yeong-jang-i it-sseum-ni-kka?
飯店裡面有游泳池嗎?

헬스클럽	온천
hel-seu-keul-leop	on-cheon
健身房	溫泉

몇 시에 문을 닫아요?
myeot si-e mu-neul tta-da-yo?
幾點關門呢?

인터넷을 쓸 수 있는 곳이 어디 있어요?
in-teo-ne-seul sseul ssu in-neun go-si eo-di i-sseo-yo?
有沒有可以上網的地方?

방에서도 인터넷을 쓸 수 있어요?
bang-e-seo-do in-teo-ne-seul sseul ssu i-sseo-yo?
房間也可以上網嗎？

팩스 있어요?
paek-sseu i-sseo-yo?
有傳真處嗎？

저에게 온 메시지가 있습니까?
jeo-e-ge on me-si-ji-ga it-sseum-ni-kka?
有我的留言嗎？

누가 저를 찾으면 여기로 연락하라고 해 주세요.
nu-ga jeo-reul cha-jeu-myeon yeo-gi-ro yeol-la-ka-ra-
go hae ju-se-yo.
萬一有人要找我，請他跟我聯絡。(給飯店服務生，自
己的聯絡方式時)

팁입니다.
ti-bim-ni-da.
這是小費。

여기는 방번호 819(팔백십구)호인데요.
yeo-gi-neun bang-beon-ho pal-ppaek-ssip-kku-ho-in-
de-yo.
這裡是819號房間。

모닝콜을 부탁하고 싶어요.
mo-ning-ko-reul ppu-ta-ka-go si-peo-yo.
我想要早上morning call。

내일 아침 여덟시에 깨워 주실 수 있습니까?
nae-il a-chim yeo-deop-ssi-e kkae-wo ju-sil su it-sseum-ni-kka?
明天早上八點時，可以叫醒我嗎？

방 좀 정리해 주세요.
bang jom jeong-ni-hae ju-se-yo.
請幫我整理一下房間。

세탁서비스가 있나요?
se-tak-sseo-bi-seu-ga in-na-yo?
請問有洗衣服務嗎？

제 세탁물이 다 됐나요?
je se-tang-mu-ri da dwaen-na-yo?
我的衣服都洗好了嗎？

숙박비에 포함시켜 주세요.
suk-ppak-ppi-e po-ham-si-kyeo ju-se-yo.
請算到房間錢裡面。

맡기고 싶은 귀중품들이 있는데요.
mat-kki-go si-peun gwi-jung-pum-deu-ri in-neun-de-yo.
我想要寄存一些貴重物品。

맡긴 물건을 찾아가려고 합니다.
mat-kkin mul-geo-neul cha-ja-ga-ryeo-go ham-ni-da.
我想拿回我寄存的東西。

방 안에 금고가 있습니까?
bang a-ne geum-go-ga it-sseum-ni-kka?
房間有保險櫃嗎？

사용법을 좀 알려 주세요.
sa-yong-beo-beul jjom al-lyeo ju-se-yo.
請告訴我怎麼使用。

비밀번호가 몇 번입니까?
bi-mil-beon-ho-ga myeot beo-nim-ni-kka?
密碼是幾號呢？

이 편지를 항공우편으로 보내 주세요.
i pyeon-ji-reul hang-gong-u-pyeo-neu-ro bo-nae ju-se-yo.
請把這封信用航空寄。

엽서 yeop-sseo 明信片	소포 so-po 包裹

이 소포를 대만으로 보내 주세요.
i so-po-reul ttae-ma-neu-ro bo-nae ju-se-yo.
請把這包裹寄到台灣。

호텔 안에 선물 가게가 있어요?
ho-tel a-ne seon-mul-ga-ge-ga i-sseo-yo?
飯店裡面有禮品店嗎？

포장 해 주세요.
po-jang hae ju-se-yo.
請幫我包裝一下。(買好禮品之後，對著結帳人員說)

여기 중국어를 할 줄 아는 사람이 있나요?
yeo-gi jung-gu-geo-reul hal jjul a-neun sa-ra-mi in-na-yo?
這裡有會說中文的人嗎？

❸ 房間出現問題時

가:안녕하세요. 객실부입니다. 무엇을 도와 드릴까요?
ga:an-nyeong-ha-se-yo.gaek-ssil-bu-im-ni-da.mu-eo-seul tto-wa deu-ril-kka-yo?
您好，這是客服處，有什麼需要幫忙的嗎？

나:수건이 좀 더 필요합니다.
na:su-geo-ni jom deo pi-ryo-ham-ni-da.
我需要多一點的毛巾。

휴지가 없어요.
hyu-ji-ga eop-sseo-yo.
沒衛生紙了！

에어컨이 조정이 안 되는데요.
e-eo-keo-ni jo-jeong-i an doe-neun-de-yo.
冷氣不會動。

난방기 (+가)	선풍기 (+가)
nan-bang-gi-ga	seon-pung-gi-ga
暖氣	電風扇

불을 어디서 끄는 지 잘 모르겠어요.
bu-reul eo-di-seo kkeu-neun-ji jal mo-reu-ge-sseo-yo.
我不知道要在哪裡關燈呢？

텔레비전이 안 켜지는데요.
tel-le-bi-jeo-ni an kyeo-ji-neun-de-yo.
電視機打不開。

第四課 住宿

방에 뜨거운 물이 안 나와요.
bang-e tteu-geo-un mu-ri an na-wa-yo.
房間沒熱水。

수도꼭지가 고장났어요.
su-do-kkok-jji-ga go-jang-na-sseo-yo.
蓮蓬頭壞掉了。

샤워기가 이상해요.
sya-wo-gi-ga i-sang-hae-yo.
熱水器怪怪的。

헤어드라이기가 작동하지 않아요.
he-eo-deu-ra-i-gi-ga jak-ttong-ha-ji a-na-yo.
吹風機不會動了。

비누 좀 가져다가 주세요.
bi-nu jom ga-jeo-da-ga ju-se-yo.
請給我一塊肥皂吧。

방문이 고장났습니다.
bang-mu-ni go-jang-nat-sseum-ni-da.
門鎖壞掉了！

변기에 문제가 좀 있어요.
byeon-gi-e mun-je-ga jom i-sseo-yo.
馬桶有點問題。

세면대	금고
se-myeon-dae	geum-go
洗手台	保險箱

가:무엇을 도와 드릴까요?
ga:mu-eo-seul tto-wa deu-ril-kka-yo?
有什麼需要幫忙的嗎？

나:열쇠를 방 안에 놓고 나왔습니다.
na:yeol-soe-reul ppang a-ne no-ko na-wat-sseum-ni-da.
我把鑰匙遺忘在我房間裡了。

열쇠를 잃어버렸어요.
yeol-soe-reul i-reo-beo-ryeo-sseo-yo.
我把鑰匙搞丟了。

방이 몇 호실인지 잊었어요.
bang-i myeot ho-si-rin-ji i-jeo-sseo-yo.
我忘記房間號碼了。

韓國漢江風景

❹ 退房時

체크아웃 하겠습니다.
che-keu-a-u-ta-get-sseum-ni-da.
我要退房。

체크아웃은 몇 시까지지요?
che-keu-a-u-seun myeot si-kka-ji-ji-yo?
退房時間到幾點呢？

모두 다 얼마예요?
mo-du da eol-ma-ye-yo?
全部多少錢？

여기 이 항목은 뭐예요?
yeo-gi i hang-mo-geun mwo-ye-yo?
這項目是什麼費用？(拿著帳單詢問時)

계산이 좀 이상해요!
gye-sa-ni jom i-sang-hae-yo!
算法有點奇怪。

요금이 저의 생각보다 많아요.
yo-geu-mi jeo-ui saeng-gak-ppo-da ma-na-yo.
費用比我想的還多！

냉장고 안은 손대지 않았습니다.
naeng-jang-go a-neun son-dae-ji a-nat-sseum-ni-da.
我沒有碰過冰箱裡的東西。

냉장고 안의 음료수는 얼마입니까?
naeng-jang-go a-nui eum-nyo-su-neun eol-ma-im-ni-kka?
冰箱內的飲料多少錢呢？

여행자수표 받습니까?
yeo-haeng-ja-su-pyo bat-sseum-ni-kka?
你們收旅行支票嗎？

신용카드로 계산해도 되죠?
si-nyong-ka-deu-ro gye-san-hae-do doe-jyo?
我可以用信用卡結帳吧！

보증금은 취소하셨지요?
bo-jeung-geu-meun chwi-so-ha-syeot-jji-yo?
幫我取消押金了吧！

택시를 불러주시겠어요?
taek-ssi-reul ppul-leo-ju-si-ge-sseo-yo?
能幫我叫一輛計程車嗎？

영수증 좀 주세요.
yeong-su-jeung jom ju-se-yo.
請幫我開發票。

하루 더 묵고 싶어요.
ha-ru deo muk-kko si-peo-yo.
我想多住一晚。

하루 앞당겨 가려고 합니다.
ha-ru ap-ttang-gyeo ga-ryeo-go ham-ni-da.
我要提前一天走！

내일 떠날 겁니다.
nae-il tteo-nal kkeom-ni-da.
明天就走了。

짐 내릴 사람을 한 명 보내 주세요.
jim nae-ril sa-ra-meul han myeong bo-nae ju-se-yo.
能派一個人來拿行李嗎？

방안의 짐 좀 옮겨주세요.
bang-a-nui jim jom om-gyeo-ju-se-yo.
房間的行李幫我搬一下。

로비로 저의 짐을 옮겨주시겠어요?
ro-bi-ro jeo-ui ji-meul om-gyeo-ju-si-ge-sseo-yo?
能幫我把行李搬到大廳嗎？

짐을 잠깐 아래 카운터에 맡겨도 됩니까?
ji-meul jjam-kkan a-rae ka-un-teo-e mat-kkyeo-do
doem-ni-kka?
行李可以放在櫃台保管一下嗎？

다섯 시간 후에 찾으로 오겠습니다.
da-seot si-gan hu-e cha-jeu-ro o-get-sseum-ni-da.
大約五個小時之後來拿。

방에 뭘 두고 왔어요.
bang-e mwol du-go wa-sseo-yo.
我把東西遺漏在房間裡面了。

＊飯店內相關單字

보증금 bo-jeung-geum 押金	로비 ro-bi 大廳
엘리베이터 el-li-be-i-teo 電梯	세탁서비스 se-tak-sseo-bi-seu 洗衣服務
모닝콜 mo-ning-kol morning call	룸서비스 rum-seo-bi-seu 客房服務

首爾光化門．世宗大王紀念館

Notes

韓國有名的部隊火鍋

第5課 飲食

來到韓國,大家第一個想到的,代表韓國食物的就是「泡菜」,呵呵!但是除了泡菜之外,大家還知道代表韓國美食還有什麼呢?而這單元筆者也會介紹幾道有名的韓國料理給大家認識喔~也是我的最愛!

而我們又要如何開口點菜呢?甚至,在用過餐之後,飯菜對胃的話,可別吝於給餐廳老闆一句「맛있어요!(ma-si-sseo-yo!)」「好吃」的稱讚語喔!

除此之外,到了韓國之後,大家可別忘記到酒吧,點杯啤酒喝喔,因為韓國男女老少,最舒服的放鬆自己的方式就是「來一杯」囉,而這種地方,更能讓背包客貼近韓國道地生活喔!而看到此,讀者們知道如何在酒吧開口點瓶啤酒喝嗎?呵呵,我們趕緊來開口學習囉!

★ 「本課必備三大句型」,紅字可以替換以下的單字喔!

1 맛있어요.

ma-si-sseo-yo.

好吃。

너무 맛있어요 neo-mu ma-si-sseo-yo 非常好吃	맛없어요. ma-deop-sseo-yo. 不好吃
싱거워요. sing-geo-wo-yo. 淡	짜요. jja-yo. 鹹
달아요. da-ra-yo. 甜	매워요. mae-wo-yo. 辣
써요. sseo-yo. 苦	셔요. syeo-yo. 酸
느끼해요. neu-kki-hae-yo. 很油	맛이 이상해요. ma-si i-sang-hae-yo. 奇怪

第五課　飲食

2 커피 마시고 싶어요.

keo-pi ma-si-go si-peo-yo.
我想要喝咖啡。

콜라	사이다
kol-la	sa-i-da
可樂	汽水
홍차	녹차
hong-cha	nok-cha
紅茶	綠茶
우유	맥주
u-yu	maek-jju
牛奶	啤酒
막걸리	
mak-kkeol-li	
小米酒	

3 김치 먹고 싶어요.

gim-chi meok-kko si-peo-yo.
我想要吃泡菜。

삼계탕	불고기
sam-gye-tang	bul-go-gi
蔘雞湯	烤肉

순대 sun-dae 韓式香腸	떡볶이 tteok-ppo-kki 辣炒年糕
라면 ra-myeon 拉麵	오뎅 o-deng 黑輪
김밥 gim-bap 紫菜包飯	제육덮밥 je-yuk-tteop-ppap 豬肉拌飯
치킨 chi-kin 炸雞	설렁탕 seol-leong-tang 牛肉湯
된장찌개 doen-jang-jji-gae 味噌鍋	김치찌개 gim-chi-jji-gae 泡菜鍋
부대찌개 bu-dae-jji-gae 部隊火鍋	＊部隊火鍋：以前在韓的美軍基地周邊的韓國餐廳，大量使用美軍基地補給物資當中的火腿和香腸做成的火鍋飲食。後來加入韓國的辣椒醬，逐漸成為一種韓國的特色飲食。

第五課 飲食

❶ 尋找餐廳

근처에 맛있는 식당을 좀 추천해주세요.
geun-cheo-e ma-sin-neun sik-ttang-eul jjom chu-cheon-hae-ju-se-yo.
請推薦我這附近好吃的餐廳。

근처에 전통한국 음식점이 있어요?
geun-cheo-e jeon-tong-han-guk eum-sik-jjeo-mi i-sseo-yo?
這附近有傳統的韓國料理餐廳嗎？

가:어떤 식당을 찾으십니까?
ga:eo-tteon sik-ttang-eul cha-jeu-sim-ni-kka?
您要找什麼樣的餐廳呢？

나: 한식당에 가고 싶습니다.
na: han-sik-ttang-e ga-go sip-sseum-ni-da.
我想去韓國料理店。

너무 비싸지 않았으면 좋겠어요.
neo-mu bi-ssa-ji a-na-sseu-myeon jo-ke-sseo-yo.
最好是不要太貴的餐廳。

너무 기름지지 않았으면 좋겠어요.
neo-mu gi-reum-ji-ji a-na-sseu-myeon jo-ke-sseo-yo.
飯菜最好是不要太油膩的餐廳。

이곳 사람들이 많이 가는 식당이 있습니까?
i-got sa-ram-deu-ri ma-ni ga-neun sik-ttang-i it-sseum-ni-kka?
這邊有沒有大家喜歡的餐廳呢？

❷ 餐廳內點菜

가:몇 분이십니까?
ga:myeot bu-ni-sim-ni-kka?
全部幾位呢？

나:모두 두 명입니다.
na:mo-du du-myeong-im-ni-da.
全部兩位。

흡연석으로 해주세요.
heu-byeon-seo-geu-ro hae-ju-se-yo.
請給我吸煙區。

금연석	로열박스(+로)
geu-myeon-seok	ro-yeol-bak-sseu-ro
禁煙區	貴賓室

경치가 좋은 자리로 부탁합니다.
gyeong-chi-ga jo-eun ja-ri-ro bu-ta-kam-ni-da.
請給我風景好的位子。

메뉴판 좀 보여 주세요.
me-nyu-pan jom bo-yeo ju-se-yo.
請給我菜單。

사진이 있는 메뉴판이 있나요?
sa-ji-ni in-neun me-nyu-pa-ni in-na-yo?
有有照片的菜單嗎？

영문 yeong-mun 英文	중국어 jung-gu-geo 中文

가:무슨 요리를 주문하시겠습니까?
ga:mu-seun yo-ri-reul jju-mun-ha-si-get-sseum-ni-kka?
您要點些什麼呢？

나:채식주의자를 위한 음식이 있나요?
na:chae-sik-jju-ui-ja-reul wi-han eum-si-gi in-na-yo?
我吃素，有素食料理嗎？

여기는 어떤 특별한 음식이 있습니까?
yeo-gi-neun eo-tteon teuk-ppyeol-han eum-si-gi it-sseum-ni-kka?
這裡有什麼特別的料理呢？

좀 추천해 주실 수 있습니까?
jom chu-cheon-hae ju-sil su it-sseum-ni-kka?
可以推薦幾道菜嗎？

저 사람들이 먹는 게 뭐예요?
jeo sa-ram-deu-ri meong-neun ge mwo-ye-yo?
那些客人吃的是什麼呢？（手指著隔壁桌的菜）

이 요리는 매워요?
i yo-ri-neun mae-wo-yo?
這道菜很辣嗎？

매운 걸 잘 못 먹어요.
mae-un geol jal mot meo-geo-yo.
我不太會吃辣。

안 맵게 만들어 주세요.
an maep-kke man-deu-reo ju-se-yo.
請不要做辣的口味給我。

이건 무슨 요리입니까?
i-geon mu-seun yo-ri-im-ni-kka?
這是什麼菜呢？

저는 해물 알레르기가 있어요.
jeo-neun hae-mul al-le-reu-gi-ga i-sseo-yo.
我對海鮮過敏。

소고기는 안 먹어요.
so-go-gi-neun an meo-geo-yo.
我不吃牛肉。

이 정도면 다 배 부르게 먹을 수 있겠지요?
i jeong-do-myeon da bae bu-reu-ge meo-geul ssu it-kket-jji-yo?
飯菜這樣點的話，應該吃得飽吧？

저기요, 주문하겠습니다.
jeo-gi-yo, ju-mun-ha-get-sseum-ni-da.
服務生，我要點菜了！

이것과 이것을 주문하겠습니다.
i-geot-kkwa i-geo-seul jju-mun-ha-get-sseum-ni-da.
我要點這個跟那個。(手指著菜單名稱)

일번과 팔번 좀 주세요.
il-beon-gwa pal-ppeon jom ju-se-yo.
我要一號餐跟八號餐。(菜單若有編號的話，指著點菜)

공기밥 2(두) 그릇 주세요.
gong-gi-bap 2(du) geu-reut ju-se-yo.
還要兩碗飯。

가:뭐 마실 것 좀 드릴까요?
ga:mwo ma-sil geot jom deu-ril-kka-yo?
您要喝點什麼呢？

나:콜라를 주세요.
na:kol-la reul jju-se-yo.
請給我可樂。

맥주 maek-jju 啤酒	주스 ju-seu 果汁

이미 주문했습니다.
i-mi ju-mun-haet-sseum-ni-da.
我已經點過菜了。

이제 됐습니다. 감사합니다.
i-je dwaet-sseum-ni-da.gam-sa-ham-ni-da.
這樣就可以了，謝謝。

❸ 飯菜出問題時

음식을 빨리 내 주세요.
eum-si-geul ppal-li nae ju-se-yo.
我點的菜請上快一點。

제가 주문한 음식이 아직 나오지 않았습니다.
je-ga ju-mun-han eum-si-gi a-jik na-o-ji a-nat-sseum-ni-da.
為什麼我點的菜還沒上來呢？

주문한 건 다 나왔어요?
ju-mun-han geon da na-wa-sseo-yo?
我點的菜全部都上了嗎？

이것은 제가 주문한 음식이 아니예요.
i-geo-seun je-ga ju-mun-han eum-si-gi a-ni-ye-yo.
這不是我點的菜！

이건 어떻게 먹는 건가요?
i-geon eo-tteo-ke meong-neun geon-ga-yo?
這個要怎麼吃呢？

소금 좀 주시겠습니까?
so-geum jom ju-si-get-sseum-ni-kka?
可以給我一些鹽巴。

간장 gan-jang 醬油	후춧가루 hu-chut-kka-ru 辣椒粉

음식이 덜 익었어요.
eum-si-gi deol i-geo-sseo-yo.
這菜不熟。

음식이 너무 짜요.
eum-si-gi neo-mu jja-yo.
這菜太鹹了。

음식이 너무 매워요.
eum-si-gi neo-mu mae-wo-yo.
這菜太辣了。

음식 안에 뭐가 있어요.
eum-sik a-ne mwo-ga i-sseo-yo.
菜裡面好像有什麼東西。

너무 크니까 좀 작게 잘라주세요.
neo-mu keu-ni-kka jom jak-kke jal-la-ju-se-yo.
太大了，幫我剪小塊一點。

음식을 다시 한 번 데워 주세요.
eum-si-geul tta-si han-beon de-wo ju-se-yo.
請幫我再把這道菜弄熱。

좀 치워 주세요.
jom chi-wo ju-se-yo.
幫我整理一下桌子。

＊餐具相關

젓가락 jeot-kka-rak 筷子	숟가락 sut-kka-rak 湯匙
접시 jeop-ssi 盤子	잔 jan 杯子
간장 gan-jang 醬油	후추 hu-chu 胡椒
소금 so-geum 鹽巴	이쑤시개 i-ssu-si-gae 牙籤

❶ 在速食餐店點餐

mp3-27

가:무엇을 주문하시겠습니까?
ga:mu-eo-seul jju-mun-ha-si-get-sseum-ni-kka?
您要點些什麼呢？

나:오번 세트메뉴 주세요.
na:o-beon se-teu-me-nyu ju-se-yo.
請給我五號套餐。

세트 말고 그냥 햄버거만 주세요.
se-teu mal-kko geu-nyang haem-beo-geo-man ju-se-yo.
我不要套餐，只要漢堡就可以了。

감자튀김은 큰 걸로 주세요.
gam-ja-twi-gi-meun keun geol-lo ju-se-yo.
薯條我要大份的。

프라이드 치킨 두 조각만 주세요.
peu-ra-i-deu chi-kin du jo-gang-man ju-se-yo.
我要兩塊炸雞。

양상추를 더 넣어주세요.
yang-sang-chu-reul tteo neo-eo-ju-se-yo.
請多放點生菜。

콜라를 커피로 바꿔도 됩니까?
kol-la-reul keo-pi-ro ba-kkwo-do doem-ni-kka?
我可以把可樂換成咖啡嗎？

햄버거는 반으로 잘라주세요.
haem-beo-geo-neun ba-neu-ro jal-la-ju-se-yo.
幫我把漢堡切成一半。

추가요금이 있습니까?
chu-ga-yo-geu-mi it-sseum-ni-kka?
沒有額外的費用吧？

리필이 됩니까?
ri-pi-ri doem-ni-kka?
我可以續杯嗎？

다른 건 필요없습니다.
da-reun geon pi-ryo-eop-sseum-ni-da.
不需要什麼東西了。

티슈 좀 주세요.
ti-syu jom ju-se-yo.
請給我一些面紙。

케찹을 좀 주시겠습니까?
ke-cha-beul jjom ju-si-get-sseum-ni-kka?
能給我一些蕃茄醬嗎？

설탕	크림
seol-tang	keu-rim
砂糖	奶精

가지고 갈 거예요.
ga-ji-go gal kkeo-ye-yo.
我要帶走、外帶。

여기서 먹을 거예요.
yeo-gi-seo meo-geul kkeo-ye-yo.
我在這裡吃、內用。

＊速食店食物：

햄버거	감자튀김
haem-beo-geo	gam-ja-twi-gim
漢堡	薯條
사이다	콜라
sa-i-da	kol-la
汽水	可樂

핫도그 hat-tto-geu 熱狗	피자 pi-ja\ 披薩
샐러드 sael-leo-deu 沙拉	우유 u-yu 牛奶
밀크쉐이크 mil-keu-swe-i-keu 奶昔	도너츠 do-neo-cheu 甜甜圈

❺ 咖啡廳、酒吧內

커피 마시고 싶어요.
keo-pi ma-si-go si-peo-yo.
我想喝咖啡。

커피 리필 되나요?
keo-pi ri-pil doe-na-yo?
咖啡可以續杯嗎？

흡연이 가능합니까?
heu-byeo-ni ga-neung-ham-ni-kka?
這裡可以吸煙嗎？

재떨이 부탁합니다.
jae-tteo-ri bu-ta-kam-ni-da.
請給我煙灰缸。

뜨거운 물 좀 주세요.
tteu-geo-un mul jom ju-se-yo.
請給我一杯熱開水。

케이크도 주문할 수 있나요?
ke-i-keu-do ju-mun-hal ssu in-na-yo?
我可以點蛋糕嗎？

근처에 술집이 있나요?
geun-cheo-e sul-ji-bi in-na-yo?
附近有酒吧嗎？

술이 싼 곳이 어디 있어요?
su-ri ssan go-si eo-di i-sseo-yo?
哪裡有便宜的酒吧？

안주가 필요없는데 맥주만 주세요.
an-ju-ga pi-ryo-eom-neun-de maek-jju-man ju-se-yo.
不需要下酒菜，給我啤酒就好囉。

조용한 자리 부탁합니다.
jo-yong-han ja-ri bu-ta-kam-ni-da.
請給我安靜的位子。

문 언제 닫으세요?
mun eon-je da-deu-se-yo?
何時關門呢？

맥주가 미지근해요.
maek-jju-ga mi-ji-geun-hae-yo.
啤酒不冰。

건배.
geon-bae.
乾杯

맥주 좀 더 주세요.
maek-jju jom deo ju-se-yo.
幫我拿瓶啤酒過來。

물수건 좀 주세요.
mul-su-geon jom ju-se-yo.
幫我拿些溼紙巾過來。

❻ 付錢時

제가 내겠습니다.
je-ga nae-get-sseum-ni-da.
我來付錢吧。

우리 따로따로 계산해요.
u-ri tta-ro-tta-ro gye-san-hae-yo.
我們分開算錢的。

제 생각에 이 계산서는 계산이 잘못된 것 같아요.
je saeng-ga-ge i gye-san-seo-neun gye-sa-ni jal-mot-
ttoen geot ga-ta-yo.
我覺得帳單有問題喔！

현금으로 계산하겠습니다.
hyeon-geu-meu-ro gye-san-ha-get-sseum-ni-da.
我用現金付錢。

신용카드(+로)	여행자수표(+로)
si-nyong-ka-deu-ro	yeo-haeng-ja-su-pyo-ro
信用卡	旅行支票

팁입니다.
ti-bim-ni-da.
這是小費。

第五課 飲食

韓國烤肉

韓國首爾大學校門口

第6課 觀光

　　來到韓國當地，大家一定迫不及待地，要去參訪有名的韓劇拍攝地點，或者是有名觀光景點吧？而買票時，可別一句話都不會說，顧著把錢拿給售票人員買票喔；而在景點中，我們又要如何用韓文，請路人幫我們拍照呢？又如何跟服務人員索取，相關的觀光景點介紹導遊冊呢？甚至，我們又要如何詢問賣紀念品的地方在哪裡？如何購買紀念品呢？…等等，這些提到的基本觀光句型，都會在此單元教給各位讀者喔！

　　同樣的，我們在前面也來學幾句，觀光最基本必備的韓文句型吧！

　　★「本課必備三大句型」，紅字可以替換以下的單字喔！

1 이 근처에 수족관 있어요?

i geun-cheo-e su-jok-kkwan i-sseo-yo?
這附近有水族館嗎？

미술관 mi-sul-gwan 美術館	**박물관** bang-mul-gwan 博物館
동물원 dong-mu-rwon 動物園	**식물원** sing-mu-rwon 植物園
영화관 yeong-hwa-gwan 電影院	**공원** gong-won 公園
스키장 seu-ki-jang 滑雪場	**카지노** ka-ji-no 賭場
나이트 클럽 na-i-teu keul-leop 舞廳	**노래방** no-rae-bang KTV

第六講 觀光

2 어른 한 명의 입장료가 얼마예요?

eo-reun han myeong-ui ip-jjang-nyo-ga eol-ma-ye-yo?
成人票一張多少錢？

학생 한 명 hak-ssaeng han myeong 學生票一張	어린이 한 명 eo-ri-ni han myeong 兒童票一張
단체표 dan-che-pyo 團體票	

3 가까운 우체국이 어디 있어요?

ga-kka-un u-che-gu-gi eo-di i-sseo-yo?
最近的郵局在哪裡呢？

은행 eun-haeng 銀行	공중전화(+가) gong-jung-jeon-hwa-ga 公共電話
피씨 (PC) 방 pi-ssi-bang 網咖	전화카드 파는 곳 jeon-hwa-ka-deu pa-neun go-si 賣電話卡的地方
우체통 u-che-tong 郵筒	현금지급기 (+가) hyeon-geum-ji-geup-kki-ga 提款機
편의점 pyeo-nui-jeom 便利商店	

❶ 入場前

이 곳의 가이드북이 필요해요.
i go-sui ga-i-deu-bu-gi pi-ryo-hae-yo.
我需要一份旅遊指南。

지도를 한 부 얻고 싶어요.
ji-do-reul han bu eot-kko si-peo-yo.
我想要一份地圖。

중국어로 된 가이드북은 없나요?
jung-gu-geo-ro doen ga-i-deu-bu-geun eom-na-yo?
沒有中文的旅遊指南嗎？

영어 yeong-eo 英文	한국어 han-gu-geo 韓文

이것은 무료인가요?
i-geo-seun mu-ryo-in-ga-yo?
這是免費的嗎？

이 곳의 대표적인 관광지는 어디예요?
i go-sui dae-pyo-jeo-gin gwan-gwang-ji-neun eo-di-ye-yo?
這個地方的代表觀光景點是在哪裡呢？

꼭 봐야 할 곳이 있어요?
kkok bwa-ya hal kko-si i-sseo-yo?
有一定要去看的地方嗎？

경치가 좋은 곳이 있나요?
gyeong-chi-ga jo-eun go-si in-na-yo?
有風景區嗎？

매표소가 어디죠?
mae-pyo-so-ga eo-di-jyo?
售票處在哪裡？

입장권이 얼마예요?
ip-jjang-gwo-ni eol-ma-ye-yo?
入場費多少錢呢？

학생 할인 되나요?
hak-ssaeng ha-rin doe-na-yo?
如果是學生的話，有折扣嗎？

단체표 있나요?
dan-che-pyo in-na-yo?
有團體票嗎？

어른 한 장, 어린이 두 장이에요.
eo-reun han jang,eo-ri-ni du jang-i-e-yo.
成人一張，小孩兩張。

입구가 어디입니까?
ip-kku-ga eo-di-im-ni-kka?
入口在哪裡呢？

출구가 어디입니까?
chul-gu-ga eo-di-im-ni-kka?
出口在哪裡呢？

짐 좀 맡길 수 있습니까?

jim jom mat-kkil su it-sseum-ni-kka?

我能寄放我的行李嗎？

관내 가이드가 있어요?

gwan-nae ga-i-deu-ga i-sseo-yo?

館內有導遊嗎？

중국어 통역이 있어요?

jung-gu-geo tong-yeo-gi i-sseo-yo?

有中文翻譯人員嗎？

영어	한국어
yeong-eo	han-gu-geo
英文	韓文

혼자 돌아보고 싶어요.

hon-ja do-ra-bo-go si-peo-yo.

我想自己一個人逛逛。

나갔다 들어와도 됩니까?

na-gat-tta deu-reo-wa-do doem-ni-kka?

我出去之後能再進來（館內、園內）嗎？

❷ 拍照時

여기서 사진 찍어도 돼요?
yeo-gi-seo sa-jin jji-geo-do dwae-yo?
在這裡我可以拍照嗎？

플레시를 터트려도 돼요?
peul-le-si-reul teo-teu-ryeo-do dwae-yo?
我可以用閃光燈嗎？

플래시를 안 터트리면 찍어도 돼요?
peul-lae-si-reul an teo-teu-ri-myeon jji-geo-do dwae-yo?
如果我不用閃光燈，可以拍照嗎？

함께 찍어요.
ham-kke jji-geo-yo.
一起拍照吧。

사진 한 장 찍어 주세요.
sa-jin han jang jji-geo ju-se-yo.
請幫我拍張照片。

그냥 이 버튼을 누르면 돼요.
geu-nyang i beo-teu-neul nu-reu-myeon dwae-yo.
按這個鈕就可以了。

❸ 觀光地點的紀念品商店

저건 뭐예요?
jeo-geon mwo-ye-yo?
那個是什麼東西？

엽서 있나요?
yeop-sseo in-na-yo?
有明信片嗎?

좋은 기념품 추천해 주세요.
jo-eun gi-nyeom-pum chu-cheon-hae ju-se-yo.
請推薦我好的紀念品。

인기 있는 기념품은 뭐예요?
in-gi in-neun gi-nyeom-pu-meun mwo-ye-yo?
這裡人氣最好的紀念品是什麼呢?

다른 건 없습니까?
da-reun geon eop-sseum-ni-kka?
沒有其他的嗎?

마음에 들어요.
ma-eu-me deu-reo-yo.
我喜歡（這商品）。

마음에 들지 않아요.
ma-eu-me deul-jji a-na-yo.
我不喜歡（這商品）。

얼마예요?
eol-ma-ye-yo?
多少錢呢?

깎아 주세요.
kka-kka ju-se-yo.
請算我便宜點。

화장실이 어디입니까?
hwa-jang-si-ri eo-di-im-ni-kka?
化妝室在哪裡呢？

재미있어요!
jae-mi-i-sseo-yo.
好有趣！

재미없어요.
jae-mi-eop-sseo-yo.
無趣、無聊。

❹ 想打電話時

실례합니다. 공중전화가 어디에 있습니까?
sil-lye-ham-ni-da.gong-jung-jeon-hwa-ga eo-di-e it-sseum-ni-kka?
不好意思，請問公共電話在哪裡？

전화카드를 어디서 살 수 있어요?
jeon-hwa-ka-deu-reul eo-di-seo sal ssu i-sseo-yo?
哪裡可以買電話卡？

국제전화카드 한 장 주세요.
guk-jje-jeon-hwa-ka-deu han jang ju-se-yo.
請給我一張國際電話卡。

이 전화기로 국제전화를 걸 수 있나요?
i jeon-hwa-gi-ro guk-jje-jeon-hwa-reul kkeol su in-na-yo?
這個電話可以打國際電話嗎？

대만으로 전화를 어떻게 하죠?
dae-ma-neu-ro jeon-hwa-reul eo-tteo-ke ha-jyo?
怎麼打電話到台灣呢？

천천히 말씀해 주세요.
cheon-cheon-hi mal-sseum-hae ju-se-yo.
請說慢一點！

❺ 想寄東西時

어디에서 물건을 부치나요?
eo-di-e-seo mul-geo-neul ppu-chi-na-yo?
哪邊可以郵寄物品呢？

이 소포를 항공우편으로 대만에 보내 주세요.
i so-po-reul hang-gong-u-pyeo-neu-ro dae-ma-ne bo-nae ju-se-yo.
請把這包裹用空運寄到台灣。

이거 어떻게 써요?
i-geo eo-tteo-ke sseo-yo?
這個要怎麼填寫呢？(遇到不知道如何填寫的表格時)

등기우편으로 보내주세요.
deung-gi-u-pyeo-neu-ro bo-nae-ju-se-yo.
請寄掛號郵件。

빠른 우편으로 보내주세요.
ppa-reun u-pyeo-neu-ro bo-nae-ju-se-yo.
請寄限時郵件。

배편으로 보내면 대만까지 얼마나 걸릴까요?
bae-pyeo-neu-ro bo-nae-myeon dae-man-kka-ji eol-ma-na geol-lil-kka-yo?
用海運寄到台灣要多久時間呢？

항공 hang-gong 航空	택배 (+로) taek-ppae-ro （國內）快遞

❻ 想換錢時

여행자수표를 환전할 수 있어요?
yeo-haeng-ja-su-pyo-reul hwan-jeon-hal ssu i-sseo-yo?
我可以用旅行支票換錢嗎？

이 창구에서 여행자수표를 현금으로 바꿀 수 있나요?
i chang-gu-e-seo yeo-haeng-ja-su-pyo-reul hyeon-geu-meu-ro ba-kkul su in-na-yo?
這個櫃台可以把旅行支票換成現金嗎？

환율이 어떻게 되나요?
hwa-nyu-ri eo-tteo-ke doe-na-yo?
現在匯率怎麼算呢？

저의 여행자수표를 도난 당했어요.
jeo-ui yeo-haeng-ja-su-pyo-reul tto-nan dang-hae-sseo-yo.
我的旅行支票被偷了。

오천원짜리 한 장과   천원짜리 다섯 장으로 바꿔
주세요.

o-cheo-nwon-jja-ri han jang-gwa cheo-nwon-jja-ri da-
seot jang-eu-ro ba-kkwo ju-se-yo.

請換成五千元一張，一千元五張給我。

이 지폐를 동전으로 바꿔주세요.

i ji-pye-reul ttong-jeo-neu-ro ba-kkwo-ju-se-yo.

請把紙鈔換成硬幣給我。

이 기계를 어떻게 사용하는지 알려 주세요.

i gi-gye-reul eo-tteo-ke sa-yong-ha-neun-ji al-lyeo ju-
se-yo.

這個機器怎麼使用，請告訴我。（提款機前）

ATM을 이용해서 돈을 어떻게 찾습니까?

ATM eul i-yong-hae-seo do-neul eo-tteo-ke chat-
sseum-ni-kka?

用ATM提款機怎麼領錢呢？

컬러프린트 하는데 얼마예요?

keol-leo-peu-rin-teu ha-neun-de eol-ma-ye-yo?

彩色影印多少錢？

흑백은 얼마예요?

heuk-ppae-geun eol-ma-ye-yo?

黑白多少錢呢？

❼ 認識韓幣

● 지폐
ji-pye
紙鈔

▶ 오만원 / o-ma-nwon / 50000韓圜

 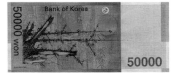

▶ 만원 / ma-nwon / 10000韓圜

▶ 오천원 / o-cheo-nwon / 5000韓圜

▶ 천원 / cheo-nwon / 1000韓圜

● 동전
dong-jeon
硬幣

- -

▶ 오백원 / o-bae-gwon / 500韓圜

▶ 백원 / bae-gwon / 100韓圜

▶ 오십원 / o-sI-bwon / 50韓圜

▶ 십원 / si-bwon / 10韓圜(新版／舊版都可使用)

明洞街角

第7課 購物

　　最近在台灣也刮起一陣韓風衣服的旋風，所以前往韓國買衣服的旅客不在話下；且韓國女人天生愛美的個性，化妝品（如BB霜）、小飾品更是在韓國的街道中，爭相逗豔的展示、販售著，而我們在街道上又要如何開口跟老闆問價、殺價以及尋找自己喜歡的款式呢？跟著書中的MP3韓文老師的發音練習，包準到韓國去，也能説出一口流利的購物韓語，不怕被當作傻傻的外國人被坑價喔！

　　★ 「本課必備四大句型」，紅字可以替換以下的單字喔！

第七課 購物

1 시계를 어디에서 살 수 있어요?

si-gye-reul eo-di-e-seo-sal ssu i-sseo-yo?

請問哪裡可以買得到手錶？

팔찌 pal-jji-reul 手環	목걸이 mok-kkeo-ri-reul 項鍊
화장품(+을) hwa-jang-pu-meul 化妝品	향수 hyang-su-reul 香水
차 cha-reul 茶	담배 dam-bae-reul 香煙
거울(+을) geo-u-reul 鏡子	전자제품(+을) jeon-ja-je-pu-meul 電子產品

仁川中華街

2 백화점이 어디 있어요?

bae-kwa-jeo-mi eo-di i-sseo-yo?

百貨公司在哪裡呢？

면세점	기념품 가게 (+가)
myeon-se-jeo-mi	gi-nyeom-pum ga-ge-ga
免稅店	紀念品商店
선물 가게 (+가)	화장품 상점
seon-mul ga-ge-ga	hwa-jang-pum sang-jeo-mi
禮品店	化妝品店
쇼핑센터 (center) (+가)	벼룩시장
syo-ping-sen-teo-ga	byeo-ruk-ssi-jang-i
購物中心	跳蚤市場
보석상점	서점
bo-seok-ssang-jeo-mi	seo-jeo-mi
首飾店	書店
편의점	
pyeo-nui-jeo-mi	
便利商店	

3 목걸이 있어요?

mok-kkeo-ri i-sseo-yo?

有項鍊嗎？

4 이 바지 얼마예요?

i ba-ji eol-ma-ye-yo?

這褲子多少錢？

第七課 購物

＊消費品：

안경 an-gyeong 眼鏡	재킷 jae-kit 夾克
치마 chi-ma 裙子	목도리 mok-tto-ri 圍巾
립스틱 rip-sseu-tik 口紅	반지 ban-ji 戒指
가방 ga-bang 包包	귀걸이 gwi-geo-ri 耳環
팔찌 pal-jji 手環	손수건 son-su-geon 手帕
한복 han-bok 韓服	구두 gu-du 皮鞋
양말 yang-mal 襪子	목걸이 mok-kkeo-ri 項鍊

스타킹 seu-ta-king 絲襪	**선글라스** seon-geul-la-seu 太陽眼鏡
벨트/허리띠 bel-teu/heo-ri-tti 皮帶	**스카프** seu-ka-peu 圍巾
장갑 jang-gap 手套	**넥타이** nek-ta-i 領帶
모자 mo-ja 帽子	**빗** bit 梳子
청바지 cheong-ba-ji 牛仔褲	**양복바지** yang-bok-ppa-ji 西裝褲
셔츠 syeo-cheu 襯衫	**티셔츠** ti-syeo-cheu T恤
스웨터 seu-we-teo 毛衣	**브래지어** beu-rae-ji-eo 胸罩
팬티 paen-ti 內褲	

＊化妝品：

아이펜슬 a-i-pen-seul 眉筆	**립스틱** rip-sseu-tik 口紅
엣센스 et-ssen-seu 精華液	**영양크림** yeong-yang-keu-rim 營養霜
아이샤도우 a-i-sya-do-u 眼影	**파운데이션** pa-un-de-i-syeon 隔離霜
아이라이너 a-i-ra-i-neo 眼線膏	**볼터치** bol-teo-chi 腮紅
립글로스 rip-kkeul-lo-seu 唇彩	**스킨** seu-kin 化妝水
로션 ro-syeon 乳液	**메니큐어** me-ni-kyu-eo 指甲油
팩 paek 面膜	**목걸이** mok-kkeo-ri 項鍊

❶ 進入商場前

백화점이 어디 있어요?
bae-kwa-jeo-mi eo-di i-sseo-yo?
百貨公司在哪裡呢？

슈퍼마켓이 몇 층에 있어요?
syu-peo-ma-ke-si myeot cheung-e i-sseo-yo?
超級市場在幾樓呢？

몇 시에 문을 열어요?
myeot si-e mu-neul yeo-reo-yo?
幾點開門呢？

몇 시에 폐점합니까?
myeot si-e pye-jeom-ham-ni-kka?
幾點關門呢？

속옷은 어디서 팔아요?
so-go-seun eo-di-seo pa-ra-yo?
請問，哪裡是在賣內衣呢？

여성복 매장은 몇 층에 있어요?
yeo-seong-bok mae-jang-eun myeot cheung-e i-sseo-yo?
女士服裝是幾樓在賣呢？

❷ 買衣服時

추천 좀 해주세요.
chu-cheon jom hae-ju-se-yo.
請推薦給我。

뭐가 새로 나온 거죠?
mwo-ga sae-ro na-on geo-jyo?
有什麼是最新出來的（商品）？

가:뭐 찾으시는 거 있으세요?
ga:mwo cha-jeu-si-neun geo I-sseu-se-yo?
您在找什麼呢？

나:그냥 좀 보는 거예요.
na:geu-nyang jom bo-neun geo-ye-yo.
我只是看看而已。

그냥 구경하는 거예요.
geu-nyang gu-gyeong-ha-neun geo-ye-yo.
我只是看看而已。

이걸로 주세요.
i-geol-lo ju-se-yo.
請把那個給我。

가:진열장 안에 있는 것 좀 볼 수 있어요?
ga:ji-nyeol-jang a-ne in-neun geot jom bol su i-sseo-yo?
能給我看一下陳列窗裡面的東西嗎？

나:이 파란 거 말인가요?
na:i pa-ran geo ma-rin-ga-yo?
這件藍色的嗎?

다른 것을 좀 보여 주세요.
da-reun geo-seul jjom bo-yeo ju-se-yo.
請給我看看別樣東西。

저에게 맞는 사이즈가 있나요?
jeo-e-ge man-neun sa-i-jeu-ga in-na-yo?
有符合我的尺寸（的衣服）嗎?

제 사이즈는 S입니다.
je sa-i-jeu-neun S im-ni-da.
我的尺寸是S。

제 사이즈를 모르겠어요.
je sa-i-jeu-reul mo-reu-ge-sseo-yo.
我不知道我的尺寸。

제 치수를 재 주시겠어요.
je chi-su-reul jjae ju-si-ge-sseo-yo.
能幫我量一下尺寸嗎?

입어 봐도 됩니까?
i-beo-bwa-do doem-ni-kka?
我能試穿看看嗎?

어디서 갈아입어야 돼요?
eo-di-seo ga-ra-i-beo-ya dwae-yo?
哪邊可以試穿衣服呢?

거울로 좀 볼게요.
geo-ul-lo jom bol-ge-yo.
我看一下鏡子。

다른 사이즈가 있나요?
da-reun sa-i-jeu-ga in-na-yo?
還有其他尺寸嗎?

조금 작아요.
jo-geum ja-ga-yo.
有點小。

조금 커요.
jo-geum keo-yo.
有點大。

조금 끼는데요.
jo-geum kki-neun-de-yo.
有點緊了。

딱 맞아요.
ttak ma-ja-yo.
剛剛好。

제게 꼭 맞아요.
je-ge kkok ma-ja-yo.
很合身呢!

소매가 좀 모자라네요.
so-mae-ga jom mo-ja-ra-ne-yo.
袖子有點短。

어깨가 좀 남네요.
eo-kkae-ga jom nam-ne-yo.
肩膀有點寬。

더 큰 사이즈가 있나요?
deo keun sa-i-jeu-ga in-na-yo?
沒有更大一點的尺寸嗎？

더 작은 사이즈가 있나요?
deo ja-geun sa-i-jeu-ga in-na-yo?
沒有更小一點的尺寸嗎？

골라 주시면 안 될까요?
gol-la ju-si-myeon an doel-kka-yo?
可以幫我挑選一下嗎？（要麻煩店員挑選時）

같은 것이 있나요?
ga-teun geo-si in-na-yo?
有相同的嗎？（示意店員，尋找跟隔壁顧客相同商品）

어떤 것이 더 낫습니까?
eo-tteon geo-si deo nat-sseum-ni-kka?
哪個比較好呢？

저는 이런 색은 별로예요.
jeo-neun i-reon sae-geun byeol-lo-ye-yo.
我不太喜歡這個顏色。

색깔이 좀 연한 것을 원합니다.
saek-kka-ri jom yeon-han geo-seul won-ham-ni-da.
有更淡一點的顏色。

진한 jin-han 深一點	수수한 su-su-han 素一點

*顏色：

빨간색 ppal-kkan-saek 紅色	금색 geum-saek 金色
주황색 ju-hwang-saek 橘色	은색 eun-saek 銀色
노란색 no-ran-saek 黃色	회색 hoe-saek 灰色
검은색 geo-meun-saek 黑色	파란색 pa-ran-saek 藍色
보라색 bo-ra-saek 紫色	초록색 cho-rok-ssaek 綠色
투명 tu-myeong 透明	흰색 hin-saek 白色

第七課 購物

다른 디자인은 없나요?
da-reun di-ja-i-neun eom-na-yo?
沒有其他的設計、其他的款式了嗎？

한국제품입니까?
han-guk-jje-pu-mim-ni-kka?
韓國製造的嗎？

❸ 免稅、殺價時

면세가 되나요?
myeon-se-ga doe-na-yo?
免稅嗎？

면세로 부탁해요.
myeon-se-ro bu-ta-kae-yo.
請幫我辦免稅手續。

할인되는 제품인가요?
ha-rin-doe-neun je-pu-min-ga-yo?
這是優惠商品嗎？

저것 좀 볼 수 있을까요?
jeo-geot jom bol su i-sseul-kka-yo?
能給我看看那個嗎？

이 물건은 오래 쓸 수 있습니까?
i mul-geo-neun o-rae sseul ssu it-sseum-ni-kka?
這東西可以使用很久嗎？

품질이 별로예요.
pum-ji-ri byeol-lo-ye-yo.
品質不怎麼好的樣子。

이건 괜찮네요.
i-geon gwaen-chan-ne-yo.
這個還挺不錯的。

새 것으로 꺼내 주세요.
sae geo-seu-ro kkeo-nae ju-se-yo.
請拿新的給我。

많이 사면 할인해 주나요?
ma-ni sa-myeon ha-rin-hae ju-na-yo?
我多買的話，能給我折扣嗎？

지금 세일 중인가요?
ji-geum se-il jung-in-ga-yo?
現在在打折中嗎？

모두 얼마예요?
mo-du eol-ma-ye-yo?
全部多少錢？

너무 비싸요.
neo-mu bi-ssa-yo.
太貴了！

좀 깎아주세요.
jom kka-kka-ju-se-yo.
請算我便宜點。

가:얼마 정도 예상하시는데요?
ga:eol-ma jeong-do ye-sang-ha-si-neun-de-yo?
您預算是多少呢？

나:현금으로 드릴 테니까 깍아주세요.
na:hyeon-geu-meu-ro deu-ril te-ni-kka kka-ga-ju-se-yo.
如果我付現金，能算我便宜點嗎？

안 깍아 주시면 그냥 다른 곳에 가서 사야겠어요.
an kka-ga ju-si-myeon geu-nyang da-reun go-se ga-seo sa-ya-ge-sseo-yo.
不算我便宜點，我就到別的地方買了。

돈이 모자라요.
do-ni mo-ja-ra-yo.
我不夠錢了！

아저씨 너무 멋있어요.
a-jeo-ssi neo-mu meo-si-sseo-yo.
先生，你太帥了！

언니(아가씨) 너무 예뻐요.
eon-ni(a-ga-ssi) neo-mu ye-ppeo-yo.
姊姊（小姐；男生稱呼），妳太漂亮！

둘러보고 다시 오겠습니다.
dul-leo-bo-go da-si o-get-sseum-ni-da.
我去繞一圈看看再過來。

第七課 購物

❹ 結帳以及退換

어디서 계산합니까?
eo-di-seo gye-san-ham-ni-kka?
在哪裡結帳呢？

카드도 되나요?
ka-deu-do doe-na-yo?
用信用卡付也可以嗎？

달러	여행자수표
dal-leo	yeo-haeng-ja-su-pyo
美金	旅行支票

여행자수표로 내도 돼요?
yeo-haeng-ja-su-pyo-ro nae-do dwae-yo?
用旅行支票付也可以嗎？

환전할 곳이 있습니까?
hwan-jeon-hal kko-si it-sseum-ni-kka?
換錢的地方在哪裡呢？

포장비를 내야합니까?
po-jang-bi-reul nae-ya-ham-ni-kka?
要付包裝費用嗎？

계산이 맞게 됐어요?
gye-sa-ni mat-kke dwae-sseo-yo?
錢沒算錯吧？

잘못 계산했습니다.
jal-mot gye-san-haet-sseum-ni-da.
好像算錯錢了！

영수증 부탁합니다.
yeong-su-jeung bu-ta-kam-ni-da.
請給我發票！

이건 이미 돈을 지불했습니다.
i-geon i-mi do-neul jji-bul-haet-sseum-ni-da.
這個東西我已經付過錢了。

선물용으로 포장해 주세요.
seon-mu-ryong-eu-ro po-jang-hae ju-se-yo.
我要送禮用的，請幫我包裝一下。

따로 따로 포장해 주세요.
tta-ro tta-ro po-jang-hae ju-se-yo.
請幫我分開包裝。

다른 색깔로 바꾸고 싶어요.
da-reun saek-kkal-lo ba-kku-go si-peo-yo.
我想換成其他顏色。

사이즈	스타일
ssa-i-jeu	seu-ta-il
尺寸	款式

여기가 좀 이상해서 바꾸려고요.
yeo-gi-ga jom i-sang-hae-seo ba-kku-ryeo-go-yo.
這裡有點奇怪，所以想換新。（指著商品瑕疵處）

여기 얼룩이 있는데 다른 것으로 교환할 수 있어요?
yeo-gi eol-lu-gi in-neun-de da-reun geo-seu-ro gyo-
hwan-hal ssu i-sseo-yo?
這裡有污點，可以換別的嗎？

여기가 찢어졌어요.
yeo-gi-ga jji-jeo-jeo-sseo-yo.
這裡破掉了！

환불해주나요?
hwan-bul-hae-ju-na-yo?
能退錢嗎？

東大門市場

韓國酒吧一景

第8課 交友

　　來到韓國，遇到自己看順眼、談得來的人，這時候怎麼辦呢？或者是想要跟他人做朋友的話，要如何開口呢？又要如何展開第一句話交談，來進行自我介紹呢？繼之，我們又要如何索取他人對方電話呢？進一步認識對方呢？…等等，上面所提到的話題，請大家也別操心，這些句型筆者都在這一單元幫各位整理出來了！只要好好練習，包準到韓國也可以交到很多朋友喔，甚至來一段異國之戀！呵呵。

　　★ 「本課必備三大句型」，紅字可以替換以下的單字喔！

1 가:취미가 무엇입니까?(뭐예요?)
ga:chwi-mi-ga mu-eo-sim-ni-kka?(mwo-ye-yo?)
你的興趣是什麼呢？

나:산책하는 것을 좋아해요.
na:san-chae-ka-neun geo-seul jjo-a-hae-yo.
我喜歡散步。

＊興趣相關詞彙：

책 읽는 것 chaek ing-neun geot 閱讀	영화 보는 것 yeong-hwa bo-neun geot 看電影
음악 듣는 것 eu-mak deun-neun geot 聽音樂	사진 찍는 것 sa-jin jjing-neun geot 拍照
축구하는 것 chuk-kku ha-neun geot 踢足球	컴퓨터하는 것 keom-pyu-teo ha-neun geot 打電腦
여행하는 것 yeo-haeng ha-neun geot 旅行	쇼핑하는 것 syo-ping ha-neun geot 購物、逛街
춤 추는 것 chum chu-neun geot 跳舞	골프 치는 것 gol-peu chi-neun geot 打高爾夫球
파아노 치는 것 pa-a-no chi-neun geot 彈琴	

第八課　交談

2 저는 스물 네 살입니다.

jeo-neun seu-mul ne sa-rim-ni-da.

我今年二十四歲。

＊韓文數字：

공 gong 0	하나/한 ha-na/han 1	둘/두 dul/du 2	셋/세 set/se 3
넷/네 net/ne 4	다섯 da-seot 5	여섯 yeo-seot 6	일곱 il-gop 7
여덟 yeo-deol 8	아홉 a-hop 9	열 yeol 10	스물/스무 seu-mul/ seu-mu 20
서른 seo-reun 30	마흔 ma-heun 40	쉰 swin 50	예순 ye-sun 60
일흔 il-heun 70	여든 yeo-deun 80	아흔 a-heun 90	

※特殊狀況：스물+살（歲；「二十」與「量詞」搭配時，
　　會變成「冠形詞」（관형사；Modifier Form）來修飾後面
　　的名詞）

→ㄹ脫落，如：「二十歲」，發音以及寫作是：스무 살.
　　(seu-mu sal.)

3 저의 생일은 팔월 십구일이고 사자자리입니다.

jeo-ui saeng-i-reun pa-rwol sip-kku-i-ri-go sa-ja-ja-ri-im-ni-da.

我的生日是八月十九日，獅子座。

＊星座相關單詞：

물병 자리 mul-byeong-ja-ri 水瓶座	물고기 자리 mul-go-gi-ja-ri 雙魚座
양자리 yang-ja-ri 牡羊座	황소자리 hwang-so-ja-ri 金牛座
쌍둥이 자리 ssang-dung-i-ja-ri 雙子座	게 자리 ge-ja-ri 巨蟹座
사자자리 sa-ja-ja-ri 獅子座	처녀 자리 cheo-nyeo-ja-ri 處女座
천칭 자리 cheon-ching-ja-ri 天秤座	전갈자리 jeon-gal-jja-ri 天蠍座
사수자리 sa-su-ja-ri 射手座	염소자리 yeom-so-ja-ri 摩羯座

❶ 想跟他人做朋友時

저기요. 잠깐 이야기 해도 됩니까?
jeo-gi-yo.jam-kkan i-ya-gi hae-do doem-ni-kka?
嗯，可以跟您聊一下嗎？

오빠가 너무 멋있어요.
o-ppa-ga neo-mu meo-si-sseo-yo.
哥哥您真的很帥。

아가씨가 정말 예뻐요.
a-ga-ssi-ga jeong-mal ye-ppeo-yo.
小姐您真的很漂亮。

아가씨가 너무 귀여워요.
a-ga-ssi-ga neo-mu gwi-yeo-wo-yo.
小姐您真的很可愛。

미소를 너무 좋아해요.
mi-so-reul neo-mu jo-a-hae-yo.
我很喜歡您的微笑。

당신의 눈을 너무 좋아해요.
dang-si-nui nu-neul neo-mu jo-a-hae-yo.
我很喜歡您的眼睛。

만나서 반갑습니다.
man-na-seo ban-gap-sseum-ni-da.
很高興見到您。

우리 어디서 본 것 같습니다.
u-ri eo-di-seo bon geot gat-sseum-ni-da.
我們好像在哪裡見過面！

혼자 왔습니까?
hon-ja wat-sseum-ni-kka?
一個人來嗎？

우리 한 잔 할까요?
u-ri han-jan hal-kka-yo?
我們可以喝一杯嗎？

술을 사고 싶습니다.
su-reul ssa-go sip-sseum-ni-da.
我想請您喝酒。

중국어를 할 줄 압니까?
jung-gu-geo-reul hal jjul am-ni-kka?
你懂中文嗎？

저는 한국어를 잘 못합니다.
jeo-neun han-gu-geo-reul jjal mo-tam-ni-da.
我的韓文不太好！

저는 한국어를 못 합니다.
jeo-neun han-gu-geo-reul mot ham-ni-da.
我不會韓文。

영어로 이야기해도 됩니다.
yeong-eo-ro i-ya-gi-hae-do doem-ni-da.
可以跟我用英文溝通的。

이름이 뭐예요?
i-reu-mi mwo-ye-yo?
您的名字是什麼呢？

몇 살입니까?
myeot sa-rim-ni-kka?
請問你幾歲？

몇 년생입니까?
myeot nyeon-saeng-im-ni-kka?
請問你幾年生的？

혈액형이 뭐예요?
hyeo-rae-kyeong-i mwo-ye-yo?
請問你的血型是什麼？

생일이 언제예요?
saeng-i-ri eon-je-ye-yo?
你生日是什麼時候呢？

결혼하셨습니까?
gyeol-hon-ha-syeot-sseum-ni-kka?
請問您結婚了嗎？

남자친구가 있어요?
nam-ja-chin-gu-ga i-sseo-yo?
請問你有男朋友嗎？

여자친구가 있어요?
yeo-ja-chin-gu-ga i-sseo-yo?
請問你有女朋友嗎？

직업이 무엇입니까?
ji-geo-bi mu-eo-sim-ni-kka?
您的職業是什麼？

대만 영화를 좋아하십니까?
dae-man yeong-hwa-reul jjo-a-ha-sim-ni-kka?
你喜歡台灣電影嗎？

어느 배우를 가장 좋아하십니까?
eo-neu bae-u-reul kka-jang jo-a-ha-sim-ni-kka?
你喜歡哪位演員？

좋아하는 소설이 있어요?
jo-a-ha-neun so-seo-ri i-sseo-yo?
有喜歡的小說嗎？

좋아하는 작가는 누구예요?
jo-a-ha-neun jak-kka-neun nu-gu-ye-yo?
您喜歡的作家是誰？

괜찮으시면 전화번호 알려 주실 수 있습니까?
gwaen-cha-neu-si-myeon jeon-hwa-beon-ho al-lyeo
ju-sil su it-sseum-ni-kka?
願意的話，您能告訴我你的電話嗎？

메일 주소 알려 주실 수 있습니까?
me-il ju-so al-lyeo ju-sil su it-sseum-ni-kka?
能告訴我你的e-mail嗎？

천천히 말씀해 주시면 알아 들을 수 있습니다.
cheon-cheon-hi mal-sseum-hae ju-si-myeon a-ra deu-
reul ssu it-sseum-ni-da.
請說慢一點，我可以聽得懂。

천천히 말씀해 주세요.
jom-deo cheon-cheon-hi mal-sseum-hae ju-se-yo.
請說慢一點。

그건 무슨 뜻이에요?
geu-geon mu-seun tteu-si-e-yo?
什麼意思呢？

좀 써 주세요.
jom sseo ju-se-yo.
請寫給我。

우리 친구 할까요?
u-ri chin-gu hal-kka-yo?
我們可以做朋友嗎？

❷ 介紹自己

제 소개를 할까요?
je so-gae-reul hal-kka-yo?
我能介紹我自己嗎？

제 소개를 하겠습니다.
je so-gae-reul ha-get-sseum-ni-da.
我介紹我自己一下。

저는 대만에서 왔습니다.
jeo-neun dae-ma-ne-seo wat-sseum-ni-da.
我從台灣來的。

저는 진경덕입니다.
jeo-neun jin-gyeong-deo-gim-ni-da.
我叫做陳慶德。(請用自己的名字唸唸看！)

저의 이름은 진경덕입니다.
jeo-ui i-reu-meun jin-gyeong-deo-gim-ni-da.
我的名字是陳慶德。(請用自己的名字唸唸看！)

저는 대학생입니다.
jeo-neun dae-hak-ssaeng-im-ni-da.
我是大學生。

저는 스물 네 살입니다.
jeo-neun seu-mul ne sa-rim-ni-da.
我今年二十四歲。

가:별자리가 무엇입니까?
ga:byeol-ja-ri-ga mu-eo-sim-ni-kka?
你的星座是什麼呢？

나:저의 생일은 구월 십일이고 처녀자리입니다.
na:jeo-ui saeng-i-reun gu-wol si-bi-ri-go cheo-nyeo-ja-
ri-im-ni-da.
我的生日是九月十日，處女座的。

가:무슨 띠입니까?
ga:mu-seun tti-im-ni-kka?
您的生肖是屬什麼的？

나:스물여덟 살이고 원숭이 띠입니다.

na:seu-mu-ryeo-deol sa-ri-go won-sung-i tti-im-ni-da.

我今年二十八歲，屬猴子。

＊生肖相關單詞（屬--）：

쥐 jwi 鼠	소 so 牛
호랑이 ho-rang-i 虎	토끼 to-kki 兔子
용 yong 龍	뱀 baem 蛇
말 mal 馬	양 yang 羊
원숭이 won-sung-i 猴子	닭 dak 雞
개 gae 狗	돼지 dwae-ji 豬

저는 회사원입니다.
jeo-neun hoe-sa-wo-nim-ni-da.
我的職業是上班族。

＊職業相關詞彙：

학생 hak-ssaeng 學生	선생님 seon-saeng-nim 老師
교수 gyo-su 教授	요리사 yo-ri-sa 廚師
운동선수 un-dong-seon-su 運動選手	배우(영화배우) bae-u(yeong-hwa-bae-u) 演員（電影演員）
회사원 hoe-sa-won 上班族	기자 gi-ja 記者
주부 ju-bu 主婦、家管	모델 mo-del 模特兒
의사 ui-sa 醫生	대학생 dae-hak-ssaeng 大學生

간호사 gan-ho-sa 護士	음악가 eu-mak-kka 音樂家
변호사 byeon-ho-sa 律師	미용사 mi-yong-sa 美容師
경찰 gyeong-chal 警察	점원 jeo-mwon 店員
대학원생 dae-ha-gwon-saeng 研究生	번역자 beo-nyeok-jja 翻譯者

대만에 놀러 오면 꼭 연락해 주세요.

dae-ma-ne nol-leo o-myeon kkok yeol-la-kae ju-se-yo.

如果來台灣的話，請一定要跟我聯絡喔。

이것은 저의 전화 번호입니다.

i-geo-seun jeo-ui jeon-hwa beon-ho-im-ni-da.

這是我的電話。（拿出抄有自己電話的紙條給對方）

이것은 제 메일주소입니다.

i-geo-seun je me-il-ju-so-im-ni-da.

這是我的e-mail。（拿出抄有自己電子郵件帳號的紙條給對方）

이것은 제 명함입니다.

i-geo-seun je myeong-ha-mim-ni-da.

這是我的名片。

자주 연락해 주세요.

ja-ju yeol-la-kae ju-se-yo.

請常常跟我聯絡喔。

❸ 拒絕、告別時

mp3-46

좀 더 계시다 가세요.

jom deo gye-si-da ga-se-yo.

再多坐一會兒吧。

호텔에 가야겠습니다.

ho-te-re ga-ya-get-sseum-ni-da.

我得回飯店了。

시간이 좀 늦었는데 이만 가봐야겠습니다.

si-ga-ni jom neu-jeon-neun-de i-man ga-bwa-ya-get-
sseum-ni-da.

時間有點晚了！我得走囉。

아, 귀찮아!

a,gwi-cha-na!

啊！真煩！(強力拒絕人家時使用！比如有醉漢來搭訕
時！)

생각해 보겠습니다.

saeng-ga-kae bo-get-sseum-ni-da.

我會考慮一下的。

싫어요, 원하지 않아요!

si-reo-yo,won-ha-ji a-na-yo!

不，我不願意。(強力拒絕人家時使用！比如有醉漢來
搭訕時！)

미안해요, 시간이 없는데요.
mi-an-hae-yo,si-ga-ni eom-neun-de-yo.
對不起，我現在沒有時間。

초대해 주셔서 감사합니다.
cho-dae-hae ju-syeo-seo gam-sa-ham-ni-da.
謝謝您的招待。

오늘은 제가 계산하겠습니다.
o-neu-reun je-ga gye-san-ha-get-sseum-ni-da.
今天我請客！

조심해 가세요.
jo-sim-hae ga-se-yo.
請慢走。

나중에 다시 만났으면 좋겠습니다.
na-jung-e da-si man-na-sseu-myeon jo-ket-sseum-ni-da.
希望以後能再見面。

편지 자주 써 주세요.
pyeon-ji ja-ju sseo ju-se-yo.
常常寫信給我。

또 봐요.
tto bwa-yo.
再見面喔！

또 뵙겠습니다.
tto boep-kket-sseum-ni-da.
後會有期！

韓國仁寺洞--全世界不用英文招牌的星巴克咖啡店

韓國景福宮

第9課 緊急情況

在課堂上教韓文時,我常常對著我那群親愛的學生說,出國旅行最怕三件事情,第一就是隨身的護照丟掉,第二就是生病,最後就是找不到洗手間。呵呵,而除了上面這些緊急狀況之外,我想出門在外,多多少都會遇到一些出乎意料的緊急情況,比如遭小偷、食物過敏或者是小病痛⋯等等,雖然筆者在這裡都把這些小狀況整理出來,但是筆者誠心希望,各位讀者到韓國旅遊,可千萬不要用到這一章的句型喔!平平安安的出國,快快樂樂的回國喔。

★「本課必備三大句型」,紅字可以替換以下的單字喔!

1 배가 아파요.

bae-ga a-pa-yo.

肚子痛。

허리	이
heo-ri	i
腰	牙
다리	목(+이)
da-ri	mo-gi
腳	脖子
소화가 잘 안 돼요!	
so-hwa-ga jal an dwae-yo!	
消化不良（※請以整句替換上方的句子）	

2 어제부터 아프기 시작했습니다.

eo-je-bu-teo a-peu-gi si-ja-kaet-sseum-ni-da.

昨天開始痛的。

아침	점심
a-chim	jeom-sim
早上	中午
저녁	어젯밤
jeo-nyeok	eo-jet-ppam
晚上	昨天晚上
밥을 먹은 후에 아프기 시작했습니다.	
ba-beul meo-geun hu-e a-peu-gi si-ja-kaet-sseum-ni-da.	
吃過飯之後開始痛的。	
（※請以整句替換上方的句子）	

3 여권을 잃어버렸어요.

yeo-gwo-neul i-reo-beo-ryeo-sseo-yo.

我弄丟護照了。

가방 ga-bang 包包	국제운전면허증 guk-jje-un-jeon-myeon-heo-jeung 國際駕照
지갑 ji-gap 錢包	핸드폰 haen-deu-pon 手機
시계+(를) si-gye 手錶	신용카드(+를) si-nyong-ka-deu-reul 信用卡
카메라(+를) ka-me-ra-reul 相機	방 열쇠(+를) bang yeol-soe-reul 房間鑰匙
항공표(+를) hang-gong-pyo-reul 機票	여행자수표(+를) yeo-haeng-ja-su-pyo-reul 旅行支票

① 緊急情況用語

도둑이야! 저놈 잡아라!
do-du-gi-ya!jeo-nom ja-ba-ra!
有強盜！幫我抓住他。

소매치기 잡아라!
so-mae-chi-gi ja-ba-ra!
幫我抓住那小偷！

경찰을 불러주세요.
gyeong-cha-reul ppul-leo-ju-se-yo.
請幫我叫警察！

살려주세요.
sal-lyeo-ju-se-yo.
救命啊！

도와주세요.
do-wa-ju-se-yo.
請幫幫我！

만지지 말아요.
man-ji-ji ma-ra-yo.
不要碰我！

가까이 오지 말아요!
ga-kka-i o ji ma-ra-yo!
不要靠近我！

❷ 身體不舒服時

가:어디 아픕니까?
ga:eo-di a-peum-ni-kka?
哪裡不舒服呢?

或者是:

증상이 어떻습니까?
jeung-sang-i eo-tteo-sseum-ni-kka?
症狀是什麼呢?

나:현기증이 조금 납니다.
na:hyeon-gi-jeung-i jo-geum nam-ni-da.
我的頭有點暈。

감기인가봐요.
gam-gi-in-ga-bwa-yo.
好像感冒了!

기침이 멈추지 않아요.
gi-chi-mi meom-chu-ji a-na-yo.
一直咳嗽。

열	배탈
yeol	bae-tal
發燒	拉肚子

배가 아파요.
bae-ga a-pa-yo.
肚子痛。

여기가 아픈데요.
yeo-gi-ga a-peun-de-yo.
這裡痛。（指著痛處告訴他人）

멍이 들었어요.
meong-i deu-reo-sseo-yo.
瘀血了。

토했어요.
to-hae-sseo-yo.
我吐了。

체한 것 같아요.
che-han geot ga-ta-yo.
我好像消化不良。

다리가 부러진 것 같아요.
da-ri-ga bu-reo-jin geot ga-ta-yo.
我的腳好像骨折了。

식중독인가봐요.
sik-jjung-do-gin-ga-bwa-yo.
好像食物中毒。

근처에 약국이 있나요?
geun-cheo-e yak-kku-gi in-na-yo?
這附近有藥局嗎？

근처에 병원이 있습니까?
geun-cheo-e byeong-wo-ni it-sseum-ni-kka?
這附近有醫院嗎？

소화제가 필요합니다.
so-hwa-je-ga pi-ryo-ham-ni-da.
我需要消化劑。

진통제	반창고
jin-tong-je	ban-chang-go
止痛藥	OK繃

아스피린 있나요?
a-seu-pi-rin in-na-yo?
有阿斯匹林嗎？

안약 좀 주세요.
a-nyak jom ju-se-yo.
請給我眼藥水。

콘돔이 있어요?
kon-do-mi i-sseo-yo?
有保險套嗎？

설사약	피임약	혈압약
seol-sa-yak	pi-i-myak	hyeo-ra-byak
止瀉藥	避孕藥	降血壓藥

생리대 주세요.
saeng-ni-dae ju-se-yo.
請給我衛生棉。

처방전을 주세요.
cheo-bang-jeo-neul jju-se-yo.
請給我處方箋。

이 처방전대로 조제해 주세요.
i cheo-bang-jeon-dae-ro jo-je-hae ju-se-yo.
請照這個處方箋開藥給我。（拿處方籤給藥師）

이 약올 어떻게 복용합니까?
i ya-geul eo-tteo-ke bo-gyong-ham-ni-kka?
這藥要怎麼吃呢？

하루에 몇 알을 복용해야 합니까?
ha-ru-e myeot a-reul ppo-gyong-hae-ya ham-ni-kka?
一天要吃幾顆呢？

식사 전에 복용합니까?
sik-ssa jeo-ne bo-gyong-ham-ni-kka?
飯前吃藥嗎？

식사 후에 복용합니까?
sik-ssa hu-e bo-gyong-ham-ni-kka?
飯後吃藥嗎？

진단서를 부탁합니다.
jin-dan-seo-reul ppu-ta-kam-ni-da.
請開診斷書給我。

❸ 遺失東西時

가:뭘 잃어버렸습니까?
ga:mwol i-reo-beo-ryeot-sseum-ni-kka?
您丟了什麼東西呢？

나:여권을 잃어버렸어요.
na:yeo-gwo-neul i-reo-beo-ryeo-sseo-yo.
我的護照遺失了！

여권을 재발급해 주세요.
yeo-gwo-neul jjae-bal-kkeu-pae ju-se-yo.
請再重新發護照給我。

대만 대표부 전화번호가 몇 번입니까?
dae-man dae-pyo-bu jeon-hwa-beon-ho-ga myeot beo-nim-ni-kka?
台灣代表處的電話是幾號呢？

대만 대표부에 연락 좀 해 주세요.
dae-man dae-pyo-bu-e yeol-lak jom hae ju-se-yo.
請幫我聯絡台灣代表處。

※貼心小提醒：

筆者幫各位找出駐韓台灣代表處電話，以及台灣駐韓代表處電話，萬一真的在旅行中出現緊急狀況，可是要第一時間聯絡喔：

駐韓台灣代表處

地址：首爾鍾路區世宗路211光化門大廈6層

電話：(02)399-2780 電子郵件：tmikid@chollian.net

駐臺北韓國代表部
地址：臺北市基隆路1段333號1506室
電話：(02)2758-8320~5　傳真：(0-2)2757-7006

어디서 잃어버렸는지 모르겠어요.
eo-di-seo i-reo-beo-ryeon-neun-ji mo-reu-ge-sseo-yo.
我不知道在哪邊弄丟的。

아마도 택시에서 잃어버린 것 같습니다.
a-ma-do taek-ssi-e-seo i-reo-beo-rin geot gat-sseum-ni-da.
可能在計程車上弄丟的。

커피숍	길
keo-pi-syop	gil
咖啡廳	路上

분실물창구는 어디입니까?
bun-sil-mul-chang-gu-neun eo-di-im-ni-kka?
請問遺失物窗口在哪裡呢？

분실물 취급소가 어디예요?
bun-sil-mul chwi-geup-sso-ga eo-di-ye-yo?
請問遺失物招領處在哪裡呢？

찾으면 이 곳으로 연락 주세요.
cha-jeu-myeon i go-seu-ro yeol-lak ju-se-yo.
如果找到的話，請聯絡這個地址喔。(把自己的聯絡地址給對方)

찾으면 이 번호로 전화해 주세요.

cha-jeu-myeon i beon-ho-ro jeon-hwa-hae ju-se-yo.

如果找到的話，請打這個電話給我。(把自己的聯絡電話給對方)

❹ 需要警察幫忙時

도와 주세요.

do-wa ju-se-yo.

請幫我。

경찰을 불러주세요.

gyeong-cha-reul ppul-leo-ju-se-yo.

請幫我叫警察。

경찰서가 어디 있어요?

gyeong-chal-sseo-ga eo-di i-sseo-yo?

警察局在哪裡呢？

경찰서 전화번호를 알려 주세요.

gyeong-chal-sseo jeon-hwa-beon-ho-reul al-lyeo ju-se-yo.

警察局的電話幾號呢？

가방을 도난 당했어요.

ga-bang-eul tto-nan dang-hae-sseo-yo.

我的包包被偷了。

지갑	핸드폰
ji-ga-beul	haen-deu-po-nul
錢包	手機

| 시계 (+를)
si-gye-reul
手錶 | |

가:가방 안에 뭐가 있어요?
ga:ga-bang a-ne mwo-ga i-sseo-yo?
包包裡面有什麼？

나:안에는 지갑과 여권하고 카메라가 있어요.
na:a-ne-neun ji-gap-kkwa yeo-gwon-ha-go ka-me-ra-ga i-sseo-yo.
裡面有錢包、護照以及照相機。

제 잘못이 아니예요.
je jal-mo-si a-ni-ye-yo.
不是我的錯。

韓國景福宮一景

Notes

❶ 有關於韓國旅行的簽證

　　護照和簽證持臺灣護照者可30天免簽，持香港特別行政區、新加坡、馬來西亞和泰國護照的持有者可免簽證在韓國停留90天。而持有中國護照的遊客可免簽證進入韓國濟州島30天(*僅限團體旅遊，個別前往時仍需申請簽證)。持有美國、加拿大及日本有效簽證和出境機票的中國遊客可免(韓國)簽證，通過入境審查後，在韓國停留15天(p.s.但非明文規定，行前需在做確認)。其他情況均須先向韓國大使館或領事館申請簽證，申請簽證時所需資料等詳細情況可向附近的大使館及領事館詢問。

各國來韓簽證相關可參考
http://www.mofat.go.kr/english/visa/apply/index.jsp (英)

韓國簽證：

工作簽證 (Work Visas)

　　工作簽證的申請在韓國辦理（由雇主），但本人必須在本國拿到簽證才可進入韓國。即使本人在韓國也一定要重返一次自己的國家，再次回到韓國後才可合法就業。工作簽證有效期為1年，申請需要2~4周時間。不換雇主繼續延長簽證時，可在韓國境內辦理。持有工作簽證入境後，需到出入境管理處(Immigration Office)辦理居住許可證(residence permit)。沒有工作簽證在韓國工作屬非法打工，被發現時，需要交納罰款。

　　延長簽證 (Visa Extension) 除事故、健康惡化、航班取消等特殊情況，旅行簽證(tourist visa)一般不給予延長。其他種類的簽證，至少要在有效期限結束1天之前到各地區的出入境管理處(Migration Office)提出申請。

再入境簽證 (Re-entry Visas)

　　持有工作簽證期間去國外旅遊時，應該事先辦理旅行多次性簽證(Multiple Re-entry Visa)，以免簽證被取消(forfeit)。手續費50000韓元。（單程- 1回再入境時，30000韓元）在各地出入境管理處(MIgration Offices) 辦理申請和手續。

＊有關簽證的其他事宜請參照各地公館網頁

　駐臺北韓國代表部

　地址：臺北市基隆路1段333號1506室

　電話：(02)2758-8320~5

　傳真：(0-2)2757-7006

　駐韓台灣代表處

　地址：首爾鍾路區世宗路211光化門大廈6層

　電話：(02)399-2780

　電子郵件：tmikid@chollian.net

❷ 通關手續

入境資料：

　　入境時需繳交的資料，機內的服務人員會發入境韓國時所需填寫的資料，在飛行期間事先填寫，將可

縮短入境的時間。

1. 入國申請書 – 外國人皆需填寫 (持韓國護照或外國人登入證者免填)
2. 物品申報單 – 家族可集體申報
3. 檢疫報告 – 來自霍亂、黃熱病、鼠疫等感染區域的乘客及空服人員

入國申請書

1. 表格內的各欄位皆需以英文填寫
2. 未成年孩童也需要個別填寫

대한민국 입국신고서 / ARRIVAL CARD ①	
REPUBLIC OF KOREA 入國申告書 IMMIGRATION SERVICE	
뒷면 안내사항을 참조하십시오.	
한글성명 / Surname / 姓	漢字姓名
Given Names / 名	
생년월일 / Date of Birth / 生年月日 년/Year/年 월/Mon./月 일/Day/日	주민등록 뒷번호 남/MALE/男 M 여/FEMALE/女 F
국적 / Nationality / 國籍	여권번호 / Passport No. / 旅券番號
한국내 주소 / Address in Korea / 韓國內 住所	
	(Tel:)
직업·직장명 / Occupation / 職業	여행목적 / Purpose of visit / 旅行目的
출발지(국가/도시) / 出發地 Last City / Port of Boarding	입국편명·선명 / 入國便名·船名 Flight No. / Vessel on Arrival
공용란(會用欄) Official Use Only	서명 / Signature / 署名

物品申報單

1. 若未攜帶需申報之物品者，無需填寫，但若持有高價物品者，請務必填寫。
2. 物品申報單於通過海關後，出關門之前繳交。
3. 與家人一同入境的旅客只需填寫一份

海關：

大韓民國關稅廳

http://chinese.customs.go.kr(英語)

報關是以書面申報為原則，但遊客所攜帶的隨身行李，口頭申報即可。通過韓國仁川國際機場的遊客，可自由選擇一般遊客稅或免課稅的海關櫃檯。若遊客所帶的物品價值不超600美元，所持外幣不超10，000美元者，皆可由免課稅的簡便櫃檯辦理手續。對於槍炮、火藥、毒品、動植物、障礙公共安全之事物、偽造貨幣或證券、仿冒品、無線電機用品等則不包括在內。 了防止有人使用簡化櫃檯走私，違反者將加重刑責。

下列物品則免稅
＊隨身攜帶的自用衣服、首飾、化妝品及日用品
＊香煙200支
＊酒類1瓶（1,000毫升）
＊香水2英兩
＊相當於400美元以下的禮品
韓國的古董為重要文物必須獲得文化財鑒定官室的批准才可出境。
若欲知詳情，可撥電話至仁川海關查詢：Tel) +82-32-452-3114

有關錢款的限制
　　進入韓國境界時，如帶有10000美元以上的錢款，須向海關人員申報。離開韓國的非居住旅客如攜帶相當於1萬美元以上的外幣或韓幣（包括旅行支票和銀行支票），必須得到韓國銀行或海關的許可。但在入境時申報的金額不需再次申報。違反此規定者將按照外匯買賣法予以罰款或處罰。

❸ 電壓

　　韓國電壓為220v(伏特)，插頭形狀為圓型兩孔，和法國、德國、澳州及土耳其相同。若您沒有準備變壓器或轉換插頭，可向飯店櫃檯租借或是在韓國免稅店、龍山電子商城等地購買。

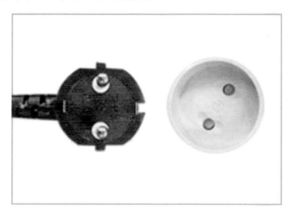

❹ 實用電話簿

韓國當地：

＊報案 112

　報案專線112提供外語通譯服務，提供包括英、日、中、俄、法、西及德語通譯服務。

　通譯服務時間: 08 :00~23 :00(一~五) / 9 :00~18 :00 (六日)

＊火警 119

　與旅遊諮詢熱線1330連線

＊緊急醫療 1339

＊國際電話(接線人員服務，對方付費) 00799
＊各國國碼查詢 00794
＊查號台114
＊長途查號台 區域號碼+114
＊遊客申訴 02-735-0101
＊國際急救專線 02-790-7561

　　24小時服務專線，與韓國內各大醫院連線，提供緊急救護服務。免費撥打。遺失物申報中心：遺失物品時，請與首爾警察廳失物招領中心聯繫。

地址: 城東區弘益區102
電話: 02)2299-1282 (韓語)
傳真: 02)2298-1282

❺ 韓國當地學習韓國語的語學堂網站

學校名稱	網址
延世大學校語言研究教育院韓國語學堂	http://www.yskli.com/index.asp
高麗大學校韓國語教育中心	http://kola.x-y.net/english/index.html
首爾大學校語言教育院	http://language.snu.ac.kr/site/en/klec/main/main.jsp
梨花女子大學校語言教育院	http://elc.ewha.ac.kr/korean/en/template/info01.asp
慶熙大學校國際教育院	http://eng.iie.ac.kr/
成均館大學校成均語學院	http://home.skku.edu/sli/korean_index_en.php

淑明女子大學國際語學教育院	http://www.lingua-express.com /korean/schedule.htm
西江大學校國際文化教育院	http://klec.sogang.ac.kr/root/ index.php?lang=english
韓國外國語大學韓國語文化教育院	http://builder.hufs.ac.kr/user/ hufskoreanchina/index.html
建國大學校外國語教育院	http://kfli.konkuk.ac.kr/
漢陽大學校國際語學院	http://www.hyili.hanyang. ac.kr/Eindex.html
弘益大學校語言教育院	http://huniv.hongik.ac.kr/ ~HILEC/set_korean.htm
釜山大學校語言教育院	http://pnuls.pusan.ac.kr/
慶北大學校語學堂	http://knusys6.knu.ac.kr/ j2ee/knu/klang/index.jsp
全南大學校語言教育院	http://altair.chonnam.ac.kr/ ~language/K_class2/ english.html
鮮文大學校韓國語教育院	http://kli.sunmoon.ac.kr/
大邱大學校 國際交流處	http://cms.daegu.ac.kr/ diaenglish/
亞洲大學校韓國語學堂	http://wwwold.ajou.ac.kr/ ~afl/kor_s
全北大學校語言教育院	http://lec.chonbuk.ac.kr/ korean_eng.htm
韓南大學校韓國語學堂	http://hankls.hnu.kr/

❻ 韓國首爾市內免稅店介紹

名稱	區域
東和免稅店 (동화 DFS)	首爾特別市 鍾路區
樂天免稅店迎賓店 (롯데면세점 로비점)	首爾特別市 中區
AK免稅店COEX店 (AK 면세점 코엑스점)	首爾特別市 江南區
AK免稅店 金浦機場 (AK 면세점 김포공항점)	首爾特別市 江西區
新羅免稅店首爾店 (신라 면세점 서울점)	首爾特別市 中區
樂天免稅店樂天世界店 (롯데면세점 월드점)	首爾特別市 松坡區
樂天免稅店總店 (롯데면세점 본점)	首爾特別市 中區
喜來登華克山莊酒店免稅店 (쉐라톤 워커힐호텔 면세점)	首爾特別市 廣津區
韓國觀光公社免稅店仁川機場店 (한국관광공사 면세점 인천공항점)	仁川廣域市 中區
AK 免稅店仁川機場 (AK 면세점 인천공항점)	仁川廣域市 中區
韓國觀光公社仁川2港免稅店 (한국관광공사 인천 2항 면세점)	仁川廣域市 中區

新新羅免稅店仁川機場 (신라 면세점 인천공항점)	仁川廣域市 中區
樂天免稅店仁川機場店 (롯데면세점 인천공항점)	仁川廣域市 中區
韓國觀光公社仁川1港免稅店 (한국관광공사 인천 1항 면세점)	仁川廣域市 中區
仁川國際機場免稅商店 -DutyFreeKorea (인천국제공항 면세점- DutyFreeKorea)	仁川廣域市 中區

❼ 關於韓國的貨幣、匯率

　　韓國貨幣鈔票最大幣額為五萬元韓幣,依序為一萬元、五千元以及一千元。而硬幣則是有著五百元、一百元、五十元以及小額的十元。

　　而近年,通常台幣兌換韓幣匯率,大約是1台幣兌換32～40韓幣左右跑動,但是因為,匯率是時常在變動,基於此筆者列出自己常用的匯率網站,供讀者參考:

鉅亨網匯率
http://www.cnyes.com/forex/forex_list.aspx
奇摩網站匯率
http://tw.money.yahoo.com/intl_currency

❽ 關於韓國的氣候

氣候：

1. 韓國屬於溫帶熱帶氣候區，四季分明。春秋兩季天空晴朗，陽光明媚，氣候溫和宜人。夏天熱，溫度較高，六月～八月是雨季。冬天乾燥，有時降雪較冷，整個冬季出現三寒四暖的現象。（即三天寒冷，四天溫暖）。

2. 春季3～5月：氣溫回暖，平均溫度為攝氏10～14℃左右，可穿輕暖的毛衣或大衣外套。

3. 夏季6～8月：氣溫轉熱，平均溫度為攝氏26～29℃左右，可穿短袖襯衫，薄外套，另備一件薄外套，可以在冷房中穿。

4. 秋季9～11月：氣候轉涼，平均溫度為攝氏12～16℃左右，可穿長袖襯衫加輕暖毛衣，大衣外套。

5. 冬季12～2月：氣溫酷寒，平均溫度為攝氏零下3～零下2度左右，可穿羊毛衣，雪衣或厚外套，帽子、皮手套、毛襪、雪鞋，滑雪請帶墨鏡，防雪盲。

❾ 筆者最愛逛的兩間韓國書店

教保文庫：http://www.kyobobook.co.kr/index.laf
地址：首爾鍾路區鍾路1街1號 教保生命大廈
開放時間：09:30～22:00
公休日：全年無休(新年、春節以及中秋假期連休除外)
　　教保文庫是韓國首屈一指的大型書店。該書店有230萬冊圖書，分門別類，應有盡有，查找方便。教保

文庫常常有很多讀者站著看書，資料豐富，是韓國最大的書店。每月都會舉行和當月暢銷書的作者直接進行交流的讀書交流會。教保文庫還設有唱片和文具專賣櫃。在唱片專賣櫃可以隨意試聽喜歡的音樂。文具專賣櫃很大，幾乎銷售所有種類的文具用品。外國客人經常光顧的是外語原版書櫃台，在這裏可以購買到多種外文原版書，缺書可以先登記，日後再來購買。

分店地址：

首爾分店 - 光化門總店、江南店、蠶室店

其他分店 - 大田店、城南店、大邱店、釜山店、富川店、仁川店、安養店、昌原店、全州店、嶺南大學店

前往總店的方法：

地鐵路線

1) 地鐵1、2號線，在市廳站下車 → 4號出口往光化門方向步行 500m

2) 地鐵5號線，在光化門站下車 → 教保大樓方向，地下通道直接連結

永豐文庫：http://www.ypbooks.co.kr/kor_index.yp

地址：首爾鍾路區瑞麟洞33號（鍾路分店）

諮詢電話：02-399-5600 圖書諮詢 02-399-5656 網路室 02-399-0671

開放時間：週一~週六 09:30~22:30 例假日 10:00~22:00

公休日：全年無休(新年、春節、中秋連休除外)

　　永豐文庫共有六家分店和和網上書店，其中最具代表性的要數鍾路分店和江南分店，這兩家都和地鐵相接，交通非常便利。永豐文庫不只是書店，也是經

營各種文化用品的綜合文化空間。鍾路分店位於首爾鍾路永豐大廈的地下一二層，有100萬冊書籍，以書為主，也經營各種文具、唱片、電腦軟件等，內有各種專賣店和快餐店。在唱片店裏可以聽到各種最新的韓國音樂。這裏有各種演出的預售海報，可順便瀏覽。在寬敞的書店裏總是能看到爆滿的購書大軍，也有便於複印、包裝、繪畫的便利設施。書店附近即是鍾路和乙支路，首爾最繁華的鍾路是集飲食和娛樂一體的好去處，乙支路高樓林立。穿過這些大廈就是明洞，遊客們可順便參觀一下。

　　永豐文庫江南分店位於首爾一流的購物娛樂商場Central City Young Plaza地下一層，它占地一萬多平米比鍾路分店大出約1800平米，是最大的書店，階梯式布局，絲毫不顯混亂。這裏也不只是書店，書吧、活動大廳、信息廣場、信息中心等處，還提供最新的文化信息。即使不買書，花幾個小時來看一下也是很不錯的。文庫所在的Central City裏也有許多值得看的地方。百貨商店、電影院、賓館、汽車展、娛樂廳、唱片專賣店、溫泉浴、國際會議中心、銀行、郵局、醫療中心、快餐店等應有盡有。如果在書店裏悶了，可以出來轉一圈，只是不要走丟。在這裏有發往各個地區的長途汽車。如果是去其他地區，可在出發前去永豐文庫買本書在車上閱讀。

前往總店的方法：
地鐵路線
＊地鐵: 1號線鐘閣站5、6號出口

❿ 出發前的行李檢查

　　以下的表格是筆者自己出國出發前，都會檢查自己的寶貴行李中是否有遺忘這些小東西呢！所以，同樣的也請讀者們，在出發前也要稍微檢查一下，下面的物品是否有無遺忘的呢？

✔ 必備物品：

☐ 搞定韓語旅行會話就靠這一本（本書）　☐ 護照
☐ 簽證（請參閱本書韓國簽證部分，基本上前往韓國30天免簽證！）
☐ 機票（確定飛機來回程時間，跟台灣出發的航廈）
☐ 證件照片數張
☐ 信用卡
☐ 美金、旅行支票等外幣（也可以到韓國再換，因為韓幣在台灣還算是非主流兌換貨幣，在台灣換會比較吃虧！）
☐ 國際電話卡
☐ 身份證及護照影印本一份
☐ 旅行平安保險

✔ 急救包：

☐ 習慣性藥品、個人藥品
☐ OK繃　☐ 止痛藥　☐ 感冒藥　☐ 胃藥
☐ 面速力達母　☐ 腸胃藥
☐ 碘酒或雙氧水　☐ 棉花棒

✔ 盥洗用品：

☐ 毛巾　☐ 牙刷　☐ 牙膏　☐ 浴帽　☐ 洗面乳
☐ 沐浴乳或香皂　☐ 洗髮乳　☐ 潤髮乳　☐ 衣架
☐ 刮鬍刀　☐ 梳子　☐ 牙線、牙籤

（因為韓國飯店或者是民宿，提倡環保運動，所以大多不提供盥洗用品給旅客，所以盥洗用品在前往韓國時，別忘記自備囉！）

✔ 保養品：

☐ 化妝水　☐ 臉部乳液　☐ 隔離霜　☐ 防曬乳
☐ 護唇膏　☐ 身體乳液　☐ 吸油面紙　☐ 髮膠
☐ 口紅　☐ 粉底　☐ 小黑髮夾　☐ 蜘蛛夾
☐ 卸妝品

✔ 換洗衣物：

☐ 帽子　☐ 太陽眼鏡　☐ 內衣　☐ 內褲
☐ 睡衣1套　☐ 長(短)袖上衣　☐ 長褲(裙)　☐ 襪子
☐ 泳衣（若夏天，有計畫前往韓國游泳池、海邊，建議攜帶之）
☐ 泳鏡　☐ 泳帽　☐ 蛙鏡　☐ 薄外套
☐ 厚長袖外套　☐ 風衣　☐ 長(短)袖毛衣
☐ 毛帽　☐ 圍巾　☐ 暖暖包　☐ 換穿布鞋1雙

　　筆者建議，換洗衣褲依旅行長度而準備，但至少三套以上。

　　而夏季前往韓國時，若有計畫前去海邊、或海水浴場，建議請加帶泳裝、短褲、拖鞋、太陽眼鏡、防曬油、帽子。

　　而計畫冬季前往的話，請簡單性的帶一些禦寒外套、手套、圍巾、毛襪、帽子、雪鞋以及乳液，雖然韓國當地這種禦寒用品會比較便宜，但筆者建議，可以先帶一些，以防萬一。而衣著以輕便舒適、易洗快乾以及不縐為宜。

✔ 其他

☐ 紙筆　☐ 手記　☐ 零食　☐ 水瓶　☐ 訂房預約信
☐ 地圖　☐ 旅遊書　☐ MP3隨身聽　☐ 雨傘
☐ 手錶　☐ 指甲剪　☐ 面紙或手帕　☐ 衛生棉
☐ 生理食鹽水　☐ 替換眼鏡　☐ 計算機　☐ 充電器
☐ 數位相機＋記憶卡　☐ 變壓器　☐ 轉接插座
☐ 手機　☐ Notebook　☐ 隨身碟
☐ 塑膠袋（裝換洗的衣物、泳裝等...）

入境臉部、指紋確認手續：

韓國政府規定，自2012年1月1日起，針對入境韓國且滿17歲以上之外國旅客實行臉部拍照與指紋確認手續。看似複雜的手續，其實大家在入境審核櫃臺時，也不用緊張，只要按照底下的圖解就可順利完成手續、入境。

Step 1.
出示護照和入境卡

Step 2.
採取兩只手的食指指紋

Step 3.
臉部攝影

Step 4.
入境審查

Notes

國家圖書館出版品預行編目（CIP）資料

搞定韓語旅行會話就靠這一本 / 陳慶德 作 .-- 初版 .--

臺北縣中和市： 智寬文化，民 99.11

面； 公分

ISBN 978-986-86763-1-2(平裝附光碟)

1. 韓語 2. 旅遊 3. 會話

803.288   99022229

韓語系列 K001

搞定韓語旅行會話就靠這一本

2013年1月 初版第2刷

編著者	陳慶德／鄒美蘭
出版者	智寬文化事業有限公司
地址	新北市235中和區中山路二段409號5樓
E-mail	john620220@hotmail.com
電話	02-77312238・02-82215078
傳真	02-82215075
排版者	菩薩蠻數位文化有限公司
印刷者	彩之坊科技股份有限公司
總經銷	紅螞蟻圖書有限公司
地址	台北市內湖區舊宗路二段121巷28號4樓
電話	02-27953656
傳真	02-27954100
定價	新台幣249元
郵政劃撥・戶名	50173486・智寬文化事業有限公司